毕淑敏

◎著

晚安

明晨有最美的太阳

北方联合出版传媒(集团)股份有限公司

万卷出版公司

2017年·沈阳

图书在版编目（ＣＩＰ）数据

晚安·明晨有最美的太阳 / 毕淑敏著. —— 沈阳：
万卷出版公司, 2017.5
ISBN 978-7-5470-4409-4

Ⅰ.①晚… Ⅱ.①毕… Ⅲ.①散文集－中国－当代
Ⅳ.①I267

中国版本图书馆CIP数据核字(2017)第014843号

出版发行：北方联合出版传媒（集团）股份有限公司
　　　　　万卷出版公司
　　　　　（地址：沈阳市和平区十一纬路 25 号 邮编：110003）
印 刷 者：湖南省众鑫印务有限公司
经 销 者：全国新华书店
幅面尺寸：150 mm × 210 mm
字　　数：155 千字
印　　张：8
出版时间：2017 年 5 月第 1 版
印刷时间：2017 年 5 月第 1 次印刷
责任编辑：王亦言
选题策划：刘　青　蔡　晔
封面制作：小名鼎鼎
内文设计：丘　山
封面原画：丹青 show
内文插画：ES 女王样
责任校对：落　语
营销推广：易　婷
ISBN：978-7-5470-4409-4
定　　价：28.80 元
联系电话：024-23284090
邮购热线：024-23284050
传　　真：024-23284448
E — mail：vpc_tougao@163.com
网　　址：http://www.chinavpc.com

○ 明晨有
最美的太阳

Wan
An

请想一想，明天从什么时候开始？

有人说从起床开始，有人说从黎明开始，有人说从半夜子时开始……我觉得，美好的明天，诞生于心无旁骛的睡眠。无法想象噩梦连连的夜晚之后，人能兴致勃勃地面向朝阳；无法想象挂满血丝夜不交睫的眼睛，能欢欣鼓舞地喜迎新一天到来。

人人都希望一大早起来，看到最美的太阳，尤其是在冷雨绵绵寒风瑟瑟的季节。仔细琢磨，要达成这个愿望，起码有几个要素。

第一，晴天。这一点当无悬念。具体到每个人居住的地方，一年当中出现晴天的概率是多少？我查了查相关资料，众说不一。大体是北方的晴天数多一点儿，南方的晴天数稍少一些。不过若是从南方继续往南，到了赤道的沙漠地区，晴天数便会大增。不过那里离咱们这儿太远，就不统计它了。以我个人住在北京的感觉，每年大约有一半多的日子是晴天。早年间可能还多些，现在雾霾严重，让晴天数打了折扣。单是晴天，也不一定能看到朝阳。晴天也跟萝卜苹果似的，有大小之分。必须得是个大晴天，才有看到太阳的福分。什么叫大晴天呢？指的是干爽响晴的日子，阳光如切开的新鲜柑橘，金黄色的光芒喷薄四溅。不过，虽有"大晴天"的说法，似乎并没有相对应的"小晴天"这个词。晴天的"小"，估计指的是在晴朗的成分上有瑕疵，虽不下雨，但天空不明澈，会有云层缭绕。

好，话说回来，就算是大晴天，还须地利人和。最基本的一点，你要早起。日出之前刷牙洗脸装扮停当，神清气爽出家门，走在能看到太阳的路上。这话说起来容易，细究起来，包含几层因素。你若是一觉睡到上午10点多才爬起来，那就不是早晨，基本上要归入中午了。第二层，你周围要有宽阔的场所。如果高楼或是立交桥遮天蔽日，人缩在暗影中，就算天有朝阳，你也看不周全。还有第三层，你不能太匆忙。慌不择路地飞奔，连颠带跑地追车，嘴巴里嚼着煎饼果子，一头埋进向着地心钻入的地铁站，爬出来后又是三步并成两步地疾行，生怕打卡迟到……兵荒马乱之中，也和朝阳无缘。如果你一直低着头，步履匆匆愁眉苦脸，见到的是阳光下的阴影，那必将和太阳的光辉灿烂失之交臂。

好，说了这么多不利因素，基本上可分为两类。一类是人力无法改变的。比如明天是不是脆生生的大晴天？在目前阶段，就算人能准确地预报出天气，但并不能得心应手地改变天气。再者你周围会不会有疏可走马的宽阔地场，也是由不得人的。若你决心留在大城市打拼，便躲不开水泥丛林的笼罩，无法像在非洲的大草原或是西藏的喜马拉雅山上，一望千里。不过别灰心，另一类事物，你是可以自己做主的。比如你可以不熬夜，不玩电脑，不煲电话粥，不说废话，不看狗血剧，不传播谣言，不有事没事地发微信刷朋友圈……便可节省出宝贵时间来早些入睡。自古以来，安宁的睡眠就有着我们所不明白的巨大力量和神奇魔力，不知有多少创伤能在睡眠中愈合，有多少委屈可在睡眠中释放，有多少困苦会在安睡后变得云淡风轻，有多少痛楚将在沉睡后如杯水入河，稀释化解于无形……

除了晴天，除了大清早，除了宽阔，除了仰头向着东方等等之外，你还需有能欣赏太阳美好的初心。

明天能不能看到最美的太阳，和自然界的关系很大，和人的心境关系更大。只要心中有太阳。那么无论自然界有多少阴晴圆缺风吹雨打，你都能持续地生发出温热和光亮。

先建设一个美好夜晚吧，那才能诞育美好的明天。

◦ 目录

Wan
An

C O N T E N T S

晚 安 · 明 晨 有 最 美 的 太 阳

○带上灵魂

Wan An

去旅行

　　人的知识永远是不完备的，他无法知道一个地区或是一个时代是否就是空间和时间的全部。从这个意义上讲，我们每个人都是井底之蛙，所不同的只是栖息的这口井的直径大小而已。每个人也都是可怜的夏虫，不可语冰。于是，我们天生需要旅行。生为夏虫是我们的宿命，但不是我们的过错。在夏虫短暂的生明中，我们可以和命运做一个商量，尽可能地把这口井掘得口径大一些，把时间和地理的尺度拉得伸展一些。就算最终不可能看到冰，夏虫也力所能及地面对无瑕的水和渐渐刺骨的秋风，想象一下冰的透明清澈与痛彻心非的寒冻。

　　旅行，首先是一场体能的马拉松，你需要提前做很多准备。

先说说身体方面。依我片面的经验，旅行的要紧物件有三种。

第一，当然是时间。人们常常以为旅行最重要的前提是钱，于是就把攒钱当成旅行的先决条件。其实，没有钱或是只有少量的钱，也可以旅行。关于这一点，只要你耐心搜集，就会找到很多省钱的秘诀。如果把一个人比作一辆车，驱动我们前行的汽油，并不是金钱，而是时间。这个道理极其简单，你的时间消耗完了，你任何事都干不成了，还奢谈什么呢？或者说，那时的旅行只有一个方向，就是地心了。

第二桩物件，是放下忧愁。忧愁是旅行的致命杀手，人无远虑，乃可出行。忧愁是有分量的，一两忧愁可以化作万只秤砣，绊得你跌跌撞撞鼻青脸肿。最常见的忧愁来自这样的思维：把这笔旅游的钱省下来可以买多少米多少菜，过多长时间丰衣足食的家常日子。将满足口腹之欲的时间当成计量单位，是曾经有用现在却不必坚守的习惯。很多中国人一遇到新奇又需要破费的事，马上把它折算成米面开销，用粮食做万变不离其宗的度量衡。积谷防饥本是美德，可什么事都提到危及生命安全的高度来考虑，活着就成了负担。谁若一意孤行去旅行，就咒你将来基本的生存都要打折，食不果腹、衣不蔽体、流落街头……别怪我说得凄惶，如果你打算做一次比较破费的旅行，你一定会听到这一类的谆谆告诫。迅疾地把诸事折合成大米的计算公式，来自温饱没有满足的农耕时代遗留下来的精神创伤。如果你一定要把所有的钱都攒起来用于防患于未然，这是你的自由，别人无法干涉。可你要明白，身体的生理机能满足之后，就不必一味地再纠结于脏腑。总是由着身体自言自语地说那些饥饱的事，你就灭掉了自己去看世界的可能性，一辈子只能在肚子画出的半径中度过。这样的人生，在温饱还没有解决的往昔，是不得已而为之，甚至可能成为能优先活下来的王牌。在今天，就有时过境迁、过于迂腐之感了。

第三桩，是活在身体的此时此刻。此话怎讲？当下身体不错，就可以出发，抬腿走就是，不必终日琢磨以后心力衰竭的呕血和罹患癌症的剧痛。我琢磨着自己还有能力挣出些许以后治病的费用，我相信国家的社会保障机制会越来越好。我捏捏自己的胳膊腿，觉得它们尚能禁得住摔打，目前爬高上梯、风餐露宿不在话下。若我以后真是得了多少万人民币也医不好的重症，从容赴死就是了，临死前想想自己身手矫健耳聪目明时，也曾有过一番随心所欲的游历，奄奄一息时的情绪，也许是自豪。

我是渐渐老迈的汽车，油料所剩已然不多。我要精打细算，小心翼翼地驱动它赶路。生命本是宇宙中的一瓣微薄的睡莲，终有偃旗息鼓闭合的那一天。在这之前，我一定要抓紧时间，去看看这四野无序的大地，去会一会英辈们留下的伟绩和废墟。

终于决定迈开脚步了。很多人有个习惯，出远门之前，先拿出纸笔，把自己要带的东西都一一列出。旅游秘籍中，传授这种清单的俯拾皆是。到寒带，你要带上皮手套、雪地靴，到热带，你要带上防晒霜、太阳镜、驱蚊油。就算是不寒不热的福地，你也要带上手电筒、一些常用药品加上使领馆的电话号码……

所有这些，都十分必要。可有一样东西，无论你到哪里，都不可须臾离开，那就是——你可记得带上自己的灵魂？

据说古老的印第安人有个习惯，当他们的身体移动得太快的时候，会停下脚步，安营扎寨，耐心等待自己的灵魂前来追赶。有人说是三天一停，有人说是七天一停，总之，人不能一味地走下去，要驻扎在行程的空隙中，和灵魂会合。灵魂似乎是个身负重担或是手脚不利落的弱者，慢吞吞地经常掉队。你走得快了，它就跟不上趟儿。我觉得此说法最有意义的部分，是证明在旅行中，我们的身体和灵魂是不同步的，是分离分裂的。而一次绝佳的旅行，自然是身体和灵魂高度协调一致，生死相依。

好的旅行应该如同呼吸一样自然，旅行的本质是学习，而学习是人类的本能。身为医生，我知道人一生必得不断地学习。我不当医生了，这个习惯却如同得过天花，在心中留下斑驳的痕迹。旅行让我知道在我之前活过的那些人，他们可曾想到过什么、做过什么。旅行也让我知道，在我没有降生的那些岁月，大自然盛大的恩典和严酷的惩罚。旅行中我知道了人不可以骄傲，天地何其寂寥，峰峦何其高耸，海洋何其阔大。旅行中我也知晓了死亡原不必悲伤，因为你其实没有消失，只不过以另外的方式循环往复。

　　凡此种种，都不是单纯的身体移动就能解决问题的，只能留给旅行中的灵魂来做完功课。出发时，悄声提醒，背囊里务必记得安放下你的灵魂。它轻到没有一丝重量，也不占一寸地方，但重要性远胜过GPS。饥饿时是你的面包，危机时助你涉险过关。你欢歌笑语时，它也无声扮出欢颜。你捶胸顿足时，它也滴泪悲愤……灵魂就算不能像烛火一样照耀着我们的行程，起码也要同甘共苦地跟在后面，不离不弃，不能干三天停一天地磨洋工。否则，我们就是一具飘飘荡荡的躯壳在蹒跚，敲一敲，发出空洞的回音，仿佛千年前枯萎的胡杨。

○ 在北欧

Wan
An

游轮上

　　从芬兰到瑞典，我们乘坐的是维京号游轮。也许是因为泰坦尼克号留下的印象太深刻了，我上船的第一个动作就是鬼鬼祟祟地瞟着船的两舷，想数数救生艇的数目够不够。其实数也是瞎数，谁知道船上有多少人呢？到了吃晚饭的时候，就大概知道有多少人了。

　　晚饭被安排在9点半，即使此刻是北欧的白夜期间，太阳下班很迟，这个时辰吃饭也还是相当晚了。导游跑去联系，试图把我们的吃饭时间提前，未果。游轮方面的答复是：食客众多，只能分期分批地享用大餐，已经安排在这个时间，无法更改。入乡随俗吧。时辰到，进了餐厅，真是蔚为壮观的饕餮大军。自助餐形式，几百个不锈钢的食槽彻头彻尾地敞开心扉，各色食品竭尽全力讨好你的视觉嗅觉，透过它们和你腹中的肠胃打招呼。无数人端着盘子，在美味之中遨游，如同饥饿的鲨鱼。

餐厅位于整个游轮的正前甲板处，四周都是玻璃，可以把它想象成行进中的水晶宫，游客们就在这座劈风斩浪的宫殿里，有惊无险地大快朵颐。得知我们能够在维京号游轮上享受美食，送我们上船的芬兰导游不胜羡慕地说，我到芬兰7年了，都还没有乘过游轮。据说船上的大餐会让你一辈子难忘。中国人吃饭好扎堆，有了美景有了美味，当然要有佳客，说说笑笑当佐料，才有滋有味地惬意。伙伴们很快就发现这愿望成了窗外波罗的海上的一朵泡沫。餐厅能接待的人数有限，一批人抹着嘴巴走出另一批人才能鱼贯而入。吃完的人散居在各处，腾出的位置也星罗棋布。这直接导致了我们虽然获准进入餐厅，但并没有现成的位置候着，全靠见缝插针。没有那么大的缝隙，可以一下子插入这么多中国针，只能化整为零分而治之了。

我端着盘子在熙熙攘攘的人流中寻找座位。一处偏僻的位置，一张两人小桌，一个黄种人在独自进餐。男性，个子不高，大约30岁的年纪，服饰整洁。我猜他是一个日本人，也可能是韩国人。说实话，哪怕有一线希望，我也不愿意和一个日本人同桌进餐，但环顾左右，桌满为患，再咽着口水四处游逛，有点像丐帮。

我用汉语说，这里有人吗？没指望他能听懂。在海外旅行的经历，我有一个收获：你不会说当地语言也无大碍，大胆地自说土话好了。反正人们萍水相逢之时，能够交流的信息是有限的，配合着手势和表情，大致也能猜个八九不离十。千万不能钳闭双唇什么也不说，那才是真正的闭目塞听一头雾水。

我相信以我端着盘子没着没落的样子，他一定能明白我的意思，摇头或是点头就可答复。没想到他非常清晰地用标准普通话回答我说，没有人。你可以坐。我大喜过望。不单是因为有了座位，更是因为在这里遇到了同乡。我如释重负地放下盘碟，说，中国人？他略微迟疑了一下，说，冰岛人。我大吃一惊，说，你一个冰岛人，居然把汉语说得这么好啊。他微笑了一下说，我以前是中国人，十几年前加入了冰岛籍。原来是这样。我说，那你就是冰籍华人了。怎么称呼你呢？他说，你就叫我阿博好了。

我坐在阿博对面，开始吃我的很晚的晚餐。动了刀叉之后，才发现这顿大餐并不像想象中那样诱人。不怪游轮上厨子手艺不精，是我失算。单凭目测一见钟情，捡来的食物多半口味诡异。比如一种美若珊瑚的红豆子，每一颗都像宝石放射光芒，我以为是外籍的红豆沙，舀了偌大一勺，抿到嘴里方品出拌了羊油和蜂蜜。平素我不吃羊肉。炸鸡、蔓越莓、番红花鳕鱼、牛蒡扒、惠灵顿牛排、迷迭香、酸辣墨鱼、酪梨、红酒烤肉……你很难猜出色彩艳丽的食物中蕴含着怎样陌生的原料和味道。拣到盘子里就都是菜，不得不通通吃掉，以防服务生对中国人有微词。只是照单全收很辛苦，吃相也不轻松。

阿博看出我的窘态，慢慢地等我吃完，说，我和你一道再去添些食物，我知道有一些东西比较合东方人的口味。有了阿博做向导，在食物摊中游弋，好比有了指南针，东西好吃多了，起码入口不再龇牙咧嘴。

阿博说，客人来自四面八方，游轮上各种口味的饭菜都有。我说，没有看到中国饭啊。阿博说，他们主要还是接待欧洲人，当然以西餐为主。以后中国人来得多了，他们也会做中餐的。我说，你当年怎么想起到冰岛呢？阿博说，我很想到海外留学，成绩不是很好，美国的学校取不上，英国学费又太贵了，就到冰岛来了。在冰岛学习冰岛语，有奖学金，就这么简单。

我说，你喜欢冰岛吗？他说，喜欢。不然我不会入籍。我说，冰岛有什么好处，这样吸引你？阿博说，第一是我喜欢冰岛的水。冰岛是个资源非常丰富的国家，特别是水，简直取之不尽，用之不竭。冰岛人口很少，又有广大的冰川，简直就是一个大水库。第二是我喜欢冰岛的风光，像月亮一样。

我有点搞不明白，就问他什么叫像月亮一样，是又大又圆的意思吗？阿博说，我说冰岛像月亮，是指它的美丽和寒冷，还有荒凉。当然了，还有各种宝藏和让人充满了想象的寥廓空间。我说，哦，明白了。第三点呢？

　　阿博说，第三是我喜欢冰岛的姑娘。她们热情豪放，敢爱敢当。如果喜欢你，就狂热似火地和你相爱。不喜欢了，就恩断义绝地同你分手，绝不拖泥带水。如果是你不干了，就直截了当地告诉她，她也不会哭哭啼啼缠着你不放。如果有了孩子，就跟你算清抚养账目，然后痛痛快快地奔自己的前程去了，再不会寻死觅活地找你麻烦。只是冰岛的法律很保护女子和孩子的利益，就算你是个富豪，如果离上几次婚，也就成了穷光蛋。

　　我说，看你对冰岛女子这样倾心，想必一定是娶了当地姑娘。阿博说，曾经有过这样的想法。冰岛出美女，那里的女孩子也很阳光。她是我在一次圣诞节的聚会上遇到的，名叫黛比。我们一见倾心。那一天，正是北极圈内最黑暗的时分，天上出现了美丽的极光，是淡绿色的，横跨整个天穹，好像一匹无与伦比的绸缎，妖娆得令人恐怖。好在两个人在一起，什么都不怕了。

　　那天我们喝了很多酒，分手的时候，彼此恋恋不舍。黛比说，咱们到乡下去吧。我说，这样寒冷，到乡下去岂不要冻死？黛比说，你跟我来，会把你热死。我就和黛比上了路。前几天刚刚下过一场暴风雪，公路上的雪虽然被铲雪机清除了，但两侧的积雪有好几米高，穿行在雪巷中，好像童话世界。我随着黛比到了冰岛首都雷克雅未克郊外的一座别墅。房子几乎被皑皑冰雪掩埋，只有房顶高耸的壁炉烟囱证明这里曾有人居住。冰岛的富人通常在郊外都有这样的住所，主要是夏天时分来游玩，到了冬天，就人迹罕至了。

我说，黛比，你有钥匙吗？黛比说，这是我亲戚家的房子，我有钥匙。但是，没带。我说，这不和没有钥匙是一样的吗？黛比说，当然不一样。我有钥匙，说明我有支配这套房屋的权利。我说，权利是一回事，我们进不去，这就是另外一回事了。黛比说，谁说我们进不去呢？我说，没有钥匙你怎么进去呢？

黛比说，这太简单了。说着，黛比走到窗户跟前，扒开积雪，用靴子猛地扫了过去，玻璃应声而碎。黛比矫健地跳了进去，然后从里面把房门打开。我大吃一惊，说，你近乎强盗了。黛比笑起来，说，维京人的祖先就是海盗。

那一次，我和黛比在乡下的别墅待了三天三夜。屋内储备有很多罐头食品，还有饮用水，我们吃穿不愁。取暖和洗澡也没有问题，设备很齐全。窗外是极其寒冷清澈的星空，身边是极其温暖柔软的姑娘，那种感觉真是欲仙欲死。三天以后，我们回到都市。黛比对我说，咱们到此为止吧。我大吃一惊，说，为什么，我们才刚刚开始。黛比说，我有男朋友，只是这一阶段他不在。现在他就要回来了，我们就结束了，这就是一切。谢谢你给予我的美好感受。说完她就翩然而去。

我知道这对黛比很正常，但我难以接受，久久伤感。后来我决定还是找一个中国的传统女性做妻子。文化这个东西，像胃一样，换不掉的。我不希望我的女儿在14岁的时候，就把男孩子领回家。不希望我一推门看到他们在床上做爱，我还要心平气和地说，对不起，打扰你们了，然后镇定地转身离开。我做不到……阿博举起一杯酒，我用手中的矿泉水和他碰碰杯，预祝他早日找到中意的中国新娘。

吃罢晚饭，已近深夜。我到船上的免税商店转了转，里面也是熙熙攘攘热气腾腾，人们提着装满酒和化妆品的袋子兴高采烈。还有很多娱乐设施，因为疲倦，听说人也很多，我都没去浏览。

○戴胡子的
女法老

　　法老是对古埃及国王的称呼，在埃及语中称作"佩罗"，现在的读音来自希伯来文的音译。它在象形文字中的意思是"高大的房屋"，后来代指"王宫"，理由很简单，王宫是最高大的房屋。新王国第十八王朝时，国王图特莫斯将法老的意思来了一个变化，成了"居住在高大宫殿中的人"，于是"法老"就顺理成章地成了对国王的尊称。

　　在埃及国立博物馆里可以看到一位法老的雕像，下巴颏上长着茂密的胡须，向前探出，好像一块洗袜子的小搓板，十分可笑。

　　还没等我笑出来，导游说这是一位女王，她戴着假胡须。

　　一提到埃及的女王，我等游客做出恍然大悟的样子，知道知道，原来这是埃及艳后克列奥帕特拉。

　　导游正色道，克列奥帕特拉只是王后，而这是真正的法老，她叫哈特舍特谢晋，拥有无上权力的古埃及女王。

　　女王和王后是有区别的。前者亲握权杖，而后者只是权杖的老婆。

　　后来，在尼罗河对岸帝王谷众多的祭庙中，看到女王哈特舍特谢晋的神庙是那样的美丽独特，据说这也是全埃及最优美典雅的建筑了。在卡纳克神庙里有哈特舍特谢晋为自己矗立的方尖碑，高29米宽5米重达323吨。在上埃及的阿斯旺的花岗岩采石场，还有一块重达1000吨的未完成方尖碑躺在山坡上，据说也是哈特舍特谢晋为自己建造的，因为开凿中石头出了裂缝才半途而废了。

　　反复听到这位女法老的名字，看到和她有关的遗迹和景色，就对她生出了好奇。查了资料，才知道哈特舍特谢晋在位期间是公元前1490年到公元前1468年，拥有当时世界上最强大的军队，最强盛的经济。她不是傀儡，而是控制着埃及最高权杖的真正的法老。在她执政期间，对内不用严刑峻法维持了安定的秩序，对外不损一兵一卒获得了和平。

　　但女人是不能成为法老的，尽管哈特舍特谢晋才能出众，也无法改变这一钢铁般的传统。她也颇动了些脑筋，先是在登上王位之前，命人为自己编撰传记，并雕刻在大方尖碑上，非说自己是太阳神的嫡亲女儿。为了让神圣感进一步加强，她还在方尖碑的顶部放置了很多金盘，用来反射太阳的光芒，以便向所有的人证明她的确是来路不凡。

一不做二不休，女法老让她的建筑师把她刻画成一个有胡须的平胸战士形象。每当女法老在公共场合出现，必定是着男装并戴着假胡子，其实她有着柔和的面部，外带轮廓清秀的眉毛和大眼睛，是个十足的美女。

王室的恩怨和历史的偏见遮盖着历史的天空，无论女法老的政绩怎样突出，但传统的以男性为中心的社会是不会容忍一位女性担任长老的，就算她杜撰出了自己是太阳神的女儿这样的神话也万万不行。

结局在传说中是这样被描述的：哈特舍特谢普刚刚驾崩，一伙军人就袭击了宫殿，把和她有关的一切都毁掉了。神庙中她的浮雕和塑像或者被砍掉了脑袋，或者被砸断了臂膀。她的墓穴被洗劫一空，神庙墙壁上的她的名字被刻意凿平，在整个埃及的官方记录里，和她有关的记载都被销毁了……

哈特舍特谢普执掌法老的权杖二十二年，古埃及的男人们希望她的这段历史不曾存在过。她的雕像在被焚烧之后再泼上凉水而变得残缺不全，至今还能看到烟火的痕迹。她的名字也被从方尖碑上涂掉，取而代之的是她的父亲、丈夫和继子的名字。

但历史还是记住了这个曾经当过法老的佩戴假胡须的女人。在今天的埃及，在游客们眼中，最美丽的法老神庙是哈特舍特谢晋的达尔巴赫里神庙，最高的方尖碑是卡纳克神庙中赞叹哈特舍特谢晋的方尖碑。正如哈特舍特谢晋自己在碑上所写："未来看到我的纪念碑并讨论我所作所为的人，切勿说一切不曾发生过，或许将它看成是我的自我吹嘘，而应当称颂她当之无愧，她的父亲也深感安慰。"

埃及是非常值得一去的国度。你不去美国，不去日本，你还可以想象，而且你的想象基本上是符合实际的。但你若不去埃及，你想象不出那里的神秘。

○保持惊奇

惊奇，是天性的一种流露。

生命的第一瞬就是惊奇。我们周围的世界，为什么由黑暗变得明朗？周围为什么由水变成了气？温度为什么由温暖变得清凉？外界的声音为何如此响亮？那个不断俯视我们亲吻我们的女人是谁？

从此我们在惊奇中成长。

这个世界上，有多少值得惊奇的事情啊。苹果为什么落地，流星为什么下雨，人为什么兵戎相见，历史为什么世代更迭……

孩子大睁着纯洁的双眼，面对着未知的世界，不断地惊奇着，探索着，在惊奇中渐渐长大。

惊奇是幼稚的特权，惊奇是一张白纸。

但人是不可以总是惊奇着的。在生命的某一个时辰，你突然因为你的惊奇，遭逢尴尬与嘲笑。你惊奇地发现——惊奇在更多的时候，是稚弱的表现，是少见多怪的代名词，是一种原始蛮荒的状态。

对于我们这个崇尚见怪不怪其怪自败、尊重老练成熟的民族心理中，惊奇是如胎发一般的标志。

你想成功吗？你首先须成功地把自己的惊奇掩盖起来。

我们的词典里，印着许多诸如"处变不惊""宠辱不惊"的词汇，使"不惊"镀着大将风度的金辉，而"惊"则屈于永久的贬义。翻那词典，后面更有了"惊慌失措""大惊失色""惊恐万分"的形容，"惊"堕落着，简直就是怯懦、退缩、畏葸的同义语了。

于是人们开始厌恶惊奇。你想做大事吗？一个必备的基本功，就是训练自己丧失惊奇。

你看到爱情远不是传说中那般纯洁，你不要惊奇。

你看到生活远没有书本上描写的那么美好，你不要惊奇。

你看到友谊根本不是故事中那般忠诚，你不要惊奇。

你看到日子绝不如想象中那般绚烂，你不要惊奇……

如果你惊奇了，你就违反了一条透明的规则，会遭到别人阳光下或是暗影里的嘲笑：这个孩子还嫩着呢。

你在一次次碰壁后省悟到：即使你对这个世界还一知半解，你还搞不清问题的全部，但有一点你现在就能做到——那就是——埋葬你的惊奇。

你看到丑恶，假装没有看到，依旧面不改色谈笑风生，人们就会送你人情练达的评价。你听到秽闻，仿佛在那一刻患了突发性的耳聋，脸上毫无表情，人们会感觉你老于世故可以信赖。你被美丽美好美妙的景色感动，只可以默默地藏在心底，脸上切不可露出少见多怪的惊异，人们就会以为你少年老成，有大谋略大气魄，是可做将帅的优良材料。你碰到可歌可泣的人间至情，要把心肠练得硬如钻石，脸不变色心不跳。就算真搅得肝肠寸断，只可夜晚躲在无人处暗自咀嚼，切不可叫人觑了去，落得个柔情寡断的罪名……

现代社会是一只飞速旋转的风火轮，把无数信息强行灌输给我们。见多不怪，我们的心灵渐渐在震颤中麻痹，更不消说有意识地掩饰我们的惊讶，会更猛烈地加速心灵粗糙。在纷繁的灯红酒绿和人为的打磨中，我们必将极快地丧失掉惊奇的本能。

于是我们看到太多矜持的面孔。我们遭遇无数微笑后面的冷淡。我们把惊奇视为一种性格缺憾，我们以为永不惊讶才是人生的至高境界。

细细分析起来，"惊奇"是由两部分组成的，先有了"惊"，其次才是"奇"。如果说"惊"属于一种对陌生事物认识局限的愕然，"奇"则是对未知事物积极探讨的萌芽了。

否认了"惊"，就扼杀了它的同胞兄弟。我们将在无意之中，失去众多丰富自己的机遇。

假如牛顿不惊奇，他也许就把那个包裹着真理的苹果，吃到自己的小肚子里面了。人类与伟大的万有引力相逢，也许还要迟滞很多年。

假如瓦特不惊奇，水壶盖噗噗响着，一个划时代的发现，就蒸发到厨房的空气中了。我们的蒸汽火车头，也许还要在牛车漫长的辙道里蹒跚亿万千米。

即使对普通人来说，掩盖惊奇，也易闹笑话。一位乡下朋友，第一次住进城里的宾馆。面对盥洗室里那些式样别致的洁具，他想不通人洗一个脸，何至于要如此麻烦。他不会使用这些物件，本来请教一下服务小姐，也就迎刃而解了。可是他不想暴露自己的惊奇，就用地上一个雪白的盛着半盆水的瓷器，洗了脸。后来他才知道，那是马桶。

这当然是一个极端的例子了。我之所以把它写在这里，绝无幸灾乐祸之意。现代社会令人眼花缭乱，每个人在某种意义上说，都是孤陋寡闻的。你在你的行业里是专家里手，在其他领域，完全可能是白痴。这不是羞愧的事情，坦率地流露惊奇，表示自己对这一方面的无知以及求知的探索，是一种可嘉的勇气。

我认识一位老人，一天兴致勃勃地同我探讨电脑的种种输入方法。他已经82岁了，肾脏功能已经衰竭，我坚信他这一辈子也不可能在电脑键盘上敲出一个字。他在自己的专业范畴里，是一位德高望重的长者，但对电脑的理解多有谬误，就连我这个二把刀也听出了许多破绽。但是老人家充满探索之光的惊奇的眼神，却在这一瞬像探照灯一样扫过我的灵魂。面对他青筋暴突微微颤抖的手，我想，不知我这一生可否活得这样高寿？不论我生命的历程有多长，我一定要记得这目光炯炯的惊奇，学习他对世界的这份挚爱，绝不仅仅沉浸在熟悉的航道，始终保持对辽阔海域的探索，直到我最后一次呼吸。

惊奇是一种天然，而不是制造出来的。它是真情实感的火花。一块滚圆的鹅卵石，便不再会惊讶江河的波涛。惊奇蕴含着奋进的活力。

惊奇不仅仅是幼稚，惊奇不仅仅是无知，惊奇是在它们基础上的深化和挺进。

你既然惊奇了，你就要探索这奥妙。你既然惊奇了，你就不能仅仅止于惊奇。爱好惊奇的人，也须将惊奇转化为平凡。消灭惊奇的过程，也就是学习的过程，惊奇在熟悉中淡化，才干在惊奇中成长。

世界是没有止境的，惊奇也是没有止境的。惊奇是流动的水，它使我们的思想翻滚着，散发着清新，抗拒着腐烂。

在城市里待得久了，常常使我们丧失惊奇的本能。我们鳝一样滑行着，浑身沾满市侩的黏液。

到自然中去，造化永远给我们以大惊喜。和寥廓的宇宙相比，个人的得失是怎样的微不足道啊。不要小看山水的洗涤，假如真正同天地对一次话，我们定会惊奇自己重新获得活力。

如果无法到自然中去，就同与自己没有利害关系的从小的朋友，做一次促膝的谈心。利害关系这件事，实在是交友的大敌。我不相信有永久的利益，我更珍视患难与共的友谊。长留史册的，不是锱铢必较的利益，而是肝胆相照的情分。和朋友坦诚的交往，会使我们留存着对真情的敏感，会使我们的眼睛抹去云翳，心境重新开朗，惊奇就在这清明的心境中，翩翩来临了。

假如既没有自然可以依傍，又没有朋友可以信赖，真是人生的一大憾事。于是，只有在静夜中同自己对话，回忆那些经历中最美好的片段，温习曾经使心灵震撼的镜头。它也许是很小的一朵旷野花，也许是冬天的一盏红灯笼，也许是苍茫的大漠暮色，也许是雄浑激荡的乐曲……总之那是独属于你的一份秘密，只有你才知道它对于你的惊奇的意义。古语说：学而时习之，不亦说乎。复习以往我们情感中最精彩的片段，常常会使我们整旧如新。

保持惊奇，我常常这样对自己说。它是一眼永不干涸的温泉，会有汩汩的对于世界的热爱蒸腾而起，滋润着我们的心灵。

惊奇是流动的水，

散发着清新，

抗拒着腐烂。

○海盗的诗

关于冰岛，所知是那样稀薄。

去之前了解就很少，仅有的印象来自一本有关北欧旅游的书籍。和丹麦、瑞典、挪威、芬兰比起来，冰岛所占的篇幅最少。冰岛人自嘲地说，北欧是五国，但人们常常脱口而出"北欧四国"，连近邻都把冰岛疏忘。

飞机在冰岛机场降落时，我们还穿着从丹麦哥本哈根起飞时的短裤长裙。机翼下工作人员鲜艳的羽绒服，毫不留情地昭示着此地的寒冷。一下飞机，我们忙不迭地在候机厅里把所有的衣服套在了身上。

其实冰岛给我们的见面礼并不准确，那只是因为来自北极的寒风突然掠过。"冰岛"的名字让人很易产生错觉,好像是万古不化的永冻之地。实际上,冰岛是一片冰与火的交汇地带,有丰富的地热,是火山在冰川下爆发后凝聚成的岛国。冰岛的地形很特殊,在这个七万平方千米的岛上,有两百多座火山,其中三十多座为活火山。全岛四分之三为海拔四百米以上的高原,八分之一为冰川,除此之外,岛上还有大量冰川、热泉、间歇泉、冰帽、苔原、冰原、雪峰、火山岩荒漠、瀑布及火山口,是世界上独一无二的地域环境。放眼看去,土地为狰狞的火山熔岩覆盖,仿佛到了月亮背面。

在冰岛的日子始终处在惊奇和快乐之中。回家之后,到一家著名的图书大厦,央告小姐帮我查找关于冰岛的图书(店内的图书查询系统外人不可独自操作)。

电脑运行一番之后,售书小姐告诉我有关冰岛的书籍只有小说集《冰岛渔夫》,还有一些有关冰岛建筑的图片,收在北欧建筑的合集中,此外就是我已经买过的观光手册。关闭查询系统时,小姐很好心地补充了一句:《冰岛渔夫》只剩下两本了,你赶快买吧。

我当即把一位"冰岛渔夫"请回了家,当晚一口气看完。书是好书,关于海洋的描写堪称一绝,只可惜这书既不是冰岛人写的,写的也不是冰岛人。所谓的"冰岛渔夫",指的不过是在靠近北极海面打鱼的法国人。

在相当长的一段时间内，我见面就问别人有没有关于冰岛的文学作品。我固执地以为，要想真正熟悉一个民族和地域，要去读本土的人所写的小说和诗。比如我们要想了解18、19世纪的俄国和法国，你是看一些当时国民生产总值的数字，还是读托尔斯泰和巴尔扎克呢？想必除了专门的研究家和学者，都会选择后者。

我不是专家，只能走俗人这条路。

百般失望之后，终于有一个朋友告诉我说，她的朋友有一本繁体字本的冰岛诗集，据说这是冰岛古诗唯一的中文译本。我欣喜若狂地借来，指天画地答应一定完璧归赵，然后又是一口气读完。也许真正的诗人会笑我这种不求甚解的方法，但我饥不择食先睹为快。

为什么对冰岛的文字这般感兴趣？因为冰岛是海盗们开辟的疆土。他们多喜好冒险，勇猛顽强，冲动起来不计后果。

那么，这些海盗们究竟写下了怎样的诗歌？想象中，是横刀跃马劈风斩浪的虎啸龙吟。

北欧的古代文学经典，据说是汗牛充栋。为什么用了"据说"这个词，好像很不肯定？不是怀疑北欧有没有那么多的经典，而是我们看到的实在太少，译成中文的更是寥若晨星。

为什么北欧古代的文学经典，译成汉语的那样少呢？概因为那些文章，都是用非常艰涩难懂的古冰岛文字写成的。

现代冰岛文字实系北欧挪威、瑞典、丹麦的古文，也近似于许多西欧国家的古代文字，比如古德文、古英文、古荷兰文等等。一千多年以来，北欧和西欧许多国家的语言和文字都发生了翻天覆地的变化，但冰岛文就像苍老的恐龙，仍在火山岩堆积的大地上穿行。

我手中这部诗集，冰岛文的译名是《高者之言》。高者是谁呢？是北欧神话中的主神奥丁，相当于希腊神话中的宙斯或是罗马神话中的朱庇特，也约略相当于咱们神话中的玉皇大帝了。诗集的中译名叫《海寇诗经》。

海寇就是海盗。

什么是海盗呢？一提到"盗"，我们就会非常鄙夷，但在古希腊那个遥远的年代，欧洲人通常把下海寻求生计的男子称为"海盗"，并把当海盗同从事游牧、农作、捕鱼、狩猎并列为五种基本谋生手段。"海盗"一词在当时并无什么贬义，海盗活动也不被认为可耻，《荷马史诗》中对此有十分明确的记载。

《海寇诗经》形成于公元700年至900年之间，相当于我们的唐朝，是当年北欧海盗在漫长而艰险的大海航行中，奉为座右铭的精神食粮。在漫漫无际的大海上，正是这些箴言教导给海盗们带来了勇气和智慧，鼓舞着他们冲破重重险阻、层层骇浪，去寻求一个又一个的新大陆。

这些诗于是被称为"冰诗"，反映了海盗们的人生观和宇宙观。好了，说了这么许多题外之话，还是直接录下难得的冰诗吧。

浅薄受人讥，

智慧得人敬。

居家万事易，

出门知重轻。

相处世人中，

多智多光明。

这首诗的名字就叫《见世面》，看来当年的海盗们是把见世面当成人生的必修课了。

嘉宾若进门，

排座不可轻。

位置偏而远，

不乐怀闷情。

上座促膝谈，

主雅客来勤。

这首诗的名字就叫《如何待客》。本以为海盗们是不懂礼貌的窃匪，不想还是如此注重礼节的雅盗。或者说，也许海盗们在实践中执行起来会走样，但起码在教育中还是一丝不苟的。

再如：

求知诗

知识是海洋，

宴席亦课堂。

用耳细听取，

用眼学榜样。

君子慎言语，

聆教乃有方。

智者天下行，

钱财存脑中。

愚者行囊重，

困时无所用。

穷汉有头脑，

力量胜富翁。

看来，海盗们还是非常尊重知识并且热爱学习的。想来也是，做一个优异海盗不是一件容易的事情。在许多国家，把"维京人"称作"海盗"的代名词。一千多年前，维京人驾驶着他们的龙头船，手持矛、剑、战斧等各种武器，以山呼海啸般的猛烈攻势，攻掠从英格兰到苏格兰、爱尔兰、比利时、荷兰、意大利、西班牙、葡萄牙、法国、俄罗斯直至君士坦丁堡的广大地域。维京人体格高大英俊，通常满面虬髯，胆识过人。他们常年漂流在海上，波涛汹涌，气候恶劣，险象环生，如果他们没有广博的关于天文、地理、气候、人文等等方面的知识，大海就成了他们最天然的坟场。所以，在贪财、勇猛、喜欢冒险的天性之外，在他们的血液里非常强烈的征服嗜好之中，也一定注入了对科学知识滚烫的渴求。

很喜欢这样一首诗：

独立

人生幸福事，

受人宠与赞。

人生不幸事，

处处得依赖。

为人不独立，

沦为小奴才。

有一首诗名叫《不良之举》：

赴宴总唠叨，

话多头脑贫。

瞪眼呈傻态，

说话语不清。

酒盈蠢相露，

枉做文明人。

窃以为以不良之举作为原材料入诗比较少见，北欧海盗大大方方地咏叹起来，透露出他们原本就是不拘常态自成体系的人。

特别是被翻译成了咱们的五言绝句式样，看着有趣。

有一首诗，名为《永恒的友谊》，录在这里，和大家共享。

宝剑酬壮士，

霓裳赠佳人。

华服显友谊，

乡里美言频。

礼尚来而往，

至情万年春。

有一首诗，名字叫《知道命运》：

天才多夭夭，

聪明适中好。

命运顺自然，

强求是徒劳。

内心明事理，

安然到老耄。

有一首诗实在聪慧，叫《三人知，全民知》：

巧妙应答问，

人视为聪明。

秘密若分享，

最多只一人。

泄露三人知，

绝密传全民。

此诗高明处就在于——当我们强调保密的时候，一般是主张"一个都不告诉"。这在理论上当然对于保守秘密是最上策的了，但可惜的是极少有人能做得到。秘密在适宜的温度下，有时会像发酵的面团，如果找不到一个适当的出口，它们会把盛面的盆子掀翻，面粉流淌一地。秘密的力量之大，超乎我们的想象。所以，尽管有那么多的指天盟誓，还是差不多有同样数目的泄露和背叛。寻找一个情感的出口，告知一个朋友，就不会把享有重大秘密的人憋炸了，这是很有策略的方法。

人各有所长
瘸子善骑马，
独臂能牧羊。
聋子勇于战，
眼盲有思想。
身死悲无用，
残者却无妨。
名誉
人死万事空，
唯名传四方。
万灵谁无死，
长生求无望。

存世流美誉，

不朽万年长。

好了，原谅我就暂且引用到这里。也许朋友们会发问，这些古冰诗为什么都是五言六句啊？有没有其他的格式呢？据翻译者王超先生在冰岛首都雷克雅未克所写，《海寇诗经》的韵律，是按照北欧古代诗歌的韵律所成的。每节诗由六行组成，前两行诗以押头韵的方式连在一起。

那什么叫押头韵呢？就是指的后一行诗重复前一行诗中的重音节的元音或辅音。若大声朗读起来，诗句余音袅袅，就像有回音似的。译者特别指出，北欧古诗的韵律，若能大声朗诵，才能更好地体会到它的奥妙，清脆悦耳。因为一是押了头韵之后，回音的效果跌宕起伏极富节奏感。二是押了头韵之后，重音节和非押韵的重音节形成了抑扬顿挫的效果。

可惜我们不懂古冰岛的原文，也未曾有幸听到人这样吟诵《海寇诗经》，只能在这里以文字来揣摩海寇们的智慧和风采了。

最后，让我以一首海盗们吟咏智慧的诗来作为本文的结束。

论智慧

以火点他火，

两柴共燃烧。

以智启人智，

相磋出高招。

顾步知识浅，

谦虚心智昭。

想不到吧？海盗们的诗竟然是这般温文尔雅笑容可掬。既不像英雄史诗，也不像神话传奇，充满了谆谆教海，甚至有些仿佛处世格言。也许，由于他们攻城略地在行动上自有取之不尽的剽悍与残酷，轮到诉诸文字流传千古的时候，反倒是波澜不惊的从容和安宁了。这在心理学上叫"补偿"。温和的民族诗歌中多愤懑和幽怨，真正的勇士们反倒全力彰显柔和。

不同国度和时空的智慧共同燃烧，这也就是旅游和阅读的快意了。旅游使我们虚心，阅读使我们安静。行路和读书的美丽杂糅一处，即使是在地老天荒的冰岛，即使是在海盗们的诗行中。

○曼德拉
的铅笔

女友自南非旅游归来，送我两件礼物。第一件，花锡箔包着，缎带系着，体积圆圆，若二两重的芝麻烧饼。我说，这是什么？南非特产？该不是送我这样大的一块钻石吧？

她轻声道，比钻石还要宝贵。

看女友轻柔的样子，好像锦盒之中藏着一只冬眠的蝴蝶。很想把这份神秘感带回家，隔山买牛细细猜测。但时下西风东渐，兴的是当面锣对面鼓地敲开礼物，然后受礼者做出兴奋得要昏过去的模样，夸张地赞叹，于是主客皆大欢喜。

只好将美丽的包装撕开。一坨晶莹剔透的玻璃芯，果真有一种未知物的标本，静静地潜伏在胆内。绿灰色，丝缕状，螺旋形，有依稀的纤维纹路浮现着，仿佛一圈华贵的水藻，凝固于北极寒冰中。

无法判断它的属性。急翻背面的说明签，看到一行触目的英文——BULLSHIT！

无论怎样顾及礼貌，我还是难以掩饰大惊失色。我们常常在电影斗殴里，听到一句粗口，它的大致含义是——粪便！

朋友说，这是野生的非洲大象粪便。由于象群越来越少，它也成为奇特的纪念品。大象这种地球陆地上最庞大的动物，只因为牙的精美，被人们无穷无尽地猎杀，陷于灭顶之灾。据说，大象为了维护自身的安全，它们的牙已缩得越来越短。不知道造化的法则能否给象族以足够的时间，使它们在人类的枪口击毙最后几对象夫妇之前，让祖传的长牙完全消失？那虽然顿减壮美，好歹保下种群的延续。可怕的是，也许到了下一个世纪，我们的后代会对着这盒标本说：哈！这是什么……不可能！哪一种动物会有如此粗大的排泄物？必是外星人遗下的无疑！

物种的生命之链，比钻石要宝贵千倍啊。

朋友又拿出一沓照片，指点着给我讲南非的桌山和迷城，讲原名叫"风暴角"，后来为了讨吉利改叫"好望角"的非洲最南端，讲曼德拉所在的总统山和他曾被监禁的鲁宾岛……你看，这就是总统府啊，很平和的样子，是不是？曼德拉上班的时候，就把一面南非国旗从办公室窗户里探出来，表示他正在此处理公务，老百姓要是有什么事，可以约了去见他。如果国旗不飘了，说明曼德拉这会儿暂时不在……喏，我把一支曼德拉铅笔送给你。

我接过第二件礼物。它没有包装，裸着身子，外观同所有铅笔一样，纤细挺秀，掂在手里，却颇有几分重量。前半部很普通，木质包裹着石墨芯，常规模样。后半截却与前半部相异，改成塑料的中空管，管里灌满了南非岩石的碎渣，五颜六色，绚丽多彩。一块小小的橡皮头，堵住了塑料管开口处，既是塞子，又可涂擦纠错，保留了古典铅笔的功能。

我捏着铅笔，赞道：很好的纪念品。

女友说，其实这种铅笔最大的价值，在于保护树木。要知道，没有人能把一支传统的铅笔，从头用到尾，分毫不剩。发明了铅笔帽，可能好一点，但还是没法百分之百地利用铅笔。无数木材，就这样被短短的铅笔头吞噬掉了。人们对这个问题置若罔闻了几个世纪，森林越来越少，今后再不能继续下去了。曼德拉铅笔既实用，又有保存价值，而且可以举一反三地仿照。比如我们塔克拉玛干大沙漠的沙子，青海盐湖的晶盐，喜马拉雅山的石子儿，陕北的黄土……搜集来装进塑料管，是多么好的制造铅笔的原料和思乡的礼品啊！

分手的时候，女友讲了个小小的细节让我猜。

在南非最大的自然保护区——克鲁格国家公园，我们坐着车观赏野生动物。莽原上出没着犀牛、狮子、大象和豹，是猛兽的天堂。我们被严令告知，万不可擅自下车，并签了生死自负的文书。车在广漠的高原行进，不时听到狮吼，一种远古的恐惧，嗖地袭上心头。我看剽悍的导游手持长枪，略略放下心问他，如果我们被猛兽抓到，你会开枪吗？

会。他简短有力地答复。

紧接着，导游又补充了一句话，你猜说的是什么？女友问我。

这如何猜？你还是告诉我吧。我说。

那导游说道，当你被猛兽捕获，为免你遭受更大的痛苦，我们将开枪将你打死。我们规定，不得射杀动物。

Wan
An

○冻顶百合

　　世界上有没有冻顶百合这种花呢？在我写这篇文章之前是没有的。虽然它很容易逗起一种关于晶莹香花的联想，其实是一个拼凑起来的蹩脚词语。

　　那一年到台湾访问，因为没有直航，在香港转机一路颠沛。清晨出发，抵达台湾土地时，已是深夜。待办完了手续真正踩到街面，已为第二天黎明前最黑暗的时刻。

　　那是我第一次见到活生生的青天白日旗，低垂在"市党部"招牌的房檐下。一时很有些恍惚，感觉自己闯入了讲述过去年代某个地下工作者宁死不屈的电影场里。

　　这种不真实感，被时间一丝丝消弭在同宗、同族、同文化的血缘中。台湾作家为我们安排了丰富多彩的观光旅游项目，其中当然少不了阿里山、日月潭这些经典的风光所在。

记得那天去台湾岛内第一高峰的玉山。随着公路盘旋，山势渐渐增高。随行的一位当地女作家不断向我介绍沿路风景，时不时插入"玉山可真美啊"的感叹。

玉山诚然美，我却无法附和。

突然出现了密集的房屋和人群。我夸张地显示出好奇：这些人要干什么？

当地女作家淡然地说：卖茶。

我来了兴趣，继续问：什么茶？

女作家更淡然了，说：冻顶乌龙。

我拿出手袋，预备下车去买冻顶乌龙。

女作家看着我，叹了一口气说：就是爱喝冻顶乌龙的人，才给玉山带来了莫大的危险。她面色忧郁，目光黯淡。

为什么呀？我大不解。

她拉住我的手说：拜托了，你不要去买冻顶乌龙。你喜欢台湾茶，下了山，我会送你别的品种。

冻顶乌龙为何这般神秘？我疑窦丛生。

女作家说，台湾的纬度低，通常不下雪也不结霜。玉山峰顶，由于海拔高，有时会落雪挂霜，台湾话就称其"冻顶"。乌龙本是寻常半发酵茶的一种，整个台湾都有出产，但标上了"冻顶"，就说明这茶来自高山。云雾缭绕，人迹罕至，泉水清冽，日照时短，茶品自然上乘。

冻顶乌龙可卖高价，很多农民就毁了森林改种茶苗。天然的植被遭到破坏，水土流失。茶苗需要灭虫和施肥，高山之巅的清清水源也受到了污染。人们知道这些改变对于玉山是灾难性的，但在利益和金钱的驱动下，冻顶茶园的栽培面积还是越来越大。她没有别的法子爱护玉山，只有从此拒喝冻顶乌龙。

女作家忧心忡忡的一席话，不但让我当时没有买一两茶，时到今日，我再也没有喝过一口冻顶乌龙。在茶楼，如果哪位朋友要喝这茶，我就把台湾女作家的话学给他听，他也就改换门庭了。

又一年，我到西北出差，主人设宴招待。我得知身边坐着的先生是植物学博士，赶紧讨教，说我乡下的院子里有棵苹果树，很多年了，却从不结苹果。

苹果树的树龄多大呢？他很认真地询问。

不知道。是被我捡回家的，因为修公路，它就被人从果园连根刨起，几乎所有的枝丫都被人锯走当了柴火。我发现它的时候，它的根系干燥得只剩下拳头大的一小窝，完全是根烧火棒的模样。我把它栽到院子里浇上水，没想到几个月后它长出了绿色旗帜一般的新叶……我说。

植物的生命力比我们所有的想象都要顽强，只要你尊重它。

植物学博士说。

可是，它为什么不结苹果呢？它会记人类的仇吗？它是否需要漫长的休养生息？我问。

植物是不会记仇的，它们比人类要宽宏大量得多。按照你说的时间计算，它该恢复过来了，可以挂果了。最大的失误可能是没有受粉，你的苹果树太孤独了……植物学博士谆谆教诲。

我说，明年春天，我是向老乡讨来另一树上的花枝，向我家的苹果树示爱？还是再栽一株新的苹果树呢？

侍者端上了一道新菜，报出菜名"蜜盏金菊"。纷披的金黄色菊花瓣婀娜多姿，奶油、蜂糖和矢车菊的混合芬芳，撩动着我们的眼睫毛和鼻翼，共同化作口中的津液。

吃吧吃吧，这道菜是要趁热吃的，凉了就拔不出丝了。主人力劝。

大家纷纷举筷，遂赞不绝口：活灵活现的菊花，花瓣像千手观音，厨师好手艺啊！

身边坐着的植物学博士面色冷峻，一口未尝。

我一时发窘，不知他为什么义愤填膺。植物学博士继续义正词严地宣布道，菊花瓣纤弱易脆，根本经不起烈火滚油。这些酷似菊花的花瓣，是用百合的根茎雕刻而成的。

博士说，百合花非常美丽，特别是一种豹纹百合，更是花中极品，象征着安宁和谐幸福。

我失声道，难道我们今天吃的就是插在花瓶中无比灿烂的百合吗？

博士道，豹纹百合和菜百合不是同一个品种，但属于一个大家庭，餐桌上吃的是百合的球茎。这几年，由于百合的食用和药用价值，对它的需求越来越大，越来越多的农民开始种百合。百合这种植物，是植物中的山羊。

大家实在没法把娇美的百合和攀爬的山羊统一起来，充满疑虑地看着博士。

山羊在山上走过，会啃光植被，连苔藓都不放过。所以，很多国家严格限制山羊的数量，因此羊绒在世界上才那样昂贵。百合也需生长在山坡疏松干燥的土壤里，要将其他植物锄净，周围没有大树遮挡……几年之后，土壤沙化，农民开辟新区种植百合。百合虽好，土地却飞沙走石。

那一天那一桌那盘美妙的蜜盏金菊，只被人动了几筷子，那是在植物学博士还没有讲百合就是山羊之前，嘴馋的人先下的手。

从此，我家的花瓶里，再没有插过百合，不管是西伯利亚的铁百合还是云南的豹纹百合。在餐馆吃饭，我再也没有点过"西芹夏果百合"这道菜。在菜市场，我再也没有买过西北出的保鲜百合，那些洗得白白净净的百合头挤压在真空袋子里，好像一些婴儿高举的拳头，在呼喊着什么。

一个人的力量何其微小啊。我甚至不相信，这几年中，由于我的不吃不喝不买，台湾玉山阿里山上会少种一寸茶苗，西北的坡地上会少开一朵百合，会少沙化一筐黄土。

然而很多人的努力聚集起来，情况也许会有不同。我在巴黎最繁华的服装商店闲逛，见到地下室里很多皮衣在打折贱卖，价格便宜到你以为商家少写了几个零。我因惊讶而驻步，同行的朋友以为我图便宜想买，赶紧扯我离开，小声说，千万别买！在这里，穿动物皮毛是野蛮人的代名词。

努力，也许就会有不可思议的力量出现。墙倒众人推一直是个贬义词，但一堵很厚重的墙要訇然倒下，是一定要借众人之手的。

我没有向我家的苹果树摇动另外的花枝，也没有栽下另外一棵苹果树，在长久的等待之后，它无声无息地结出了几个苹果，其味极甜。

一个希望

那年在国外，看到一个穷苦老人在购买彩票。他走到彩票售卖点，还没来得及说话，工作人员就手脚麻利地在电脑上为他选出了一组数字，然后把凭证交给他。他好像无家可归，没有什么固定的目标要赶赴，买完彩票，就在一旁呆呆站着。我正好空闲，便和他聊起来。

我问，你为什么不亲自选一组数字呢？

他说，是我自己选的。我总在这里买彩票。工作人员知道我要哪一组数字。只要看到我走近，就会为我敲出来。

我说，那你每次选的数字都是一样的喽？

他说，是的。是一样的。我已经以同样的数字买了整整四十年彩票。每周一次，购买一个希望。

我心中快速计算着，一年就算五十二周，四五二十……然后再乘以每注彩票的花费……天！我问道，你中过吗？

他突然变得忸怩起来，喃喃说，没中过。有一次，大奖和我选的数字只差一个。

我说，那以后，你还选这组数字吗？

他很坚定地说，选。

我说，我是个外行，说错了你别见怪。依我猜，以后重新出现这组数字的概率是极低的，更别说还得有一个数字改成符合你的要求。

他说，你说得对，是这样的。

我就愣了。他衣衫褴褛面容憔悴。买彩票的钱虽然不多，但周复一周地买着，粒米成箩，也积成了不算太小的数目。用这些钱，为什么不给自己买一身蔽寒的衣服，吃一顿饱饭呢？再说，固执地重复同一组数字，绝不更改，实在也非明智之举。

我不忍伤他心，又不知说什么好，只有久久地沉默了。过了一会儿，他主动开口说，你一定很想知道那是一组什么样的数字吧。

我点头说，是啊。

他有些害羞地说，那是我初恋女友的生辰数字。每周我下注的时候，都会想起她，心中就暖和起来。

我说，那到了开奖的时候，你知道自己没中，会不会心中寒冷？

他笑了，牙齿在霓虹灯下像糖衣药片一样变换着色彩。他说，不会。我马上又买新的一轮彩票，希望就又长出来了。我很穷，属于穷人的希望是很有限的。用这么少的钱，就能买到一个礼拜的快乐，这种机会，在这个世界上，实在是不多。更不用说，那个数字还寄托着我的回忆。如果我选的这组数字中大奖，她一定会注意到的，因为那是她的生辰啊。紧接着她会好奇是谁得了这份奖金？于是就能看到我的名字。她立刻就会明白我这一辈子没有忘记她，而且我有了这么多的钱，她也许会来找我……

老人说完，就转过身，缓缓地走了。

后来，我把这个真实的故事讲给很多人听。每个人听完后都会长久地沉默。然后说，真盼望他中奖啊。

○轻松山房

　　广西柳州有一座美丽的公园叫作大龙潭。龙潭公园有极清冽的水、极秀美的山，这些都不足为奇。广西多风景，看得多了，好比日日珍馐，也终有厌倦的时候。跟着导游亦步亦趋，她说这是一个什么景，我就连连点头，以表示对主人及对景色的尊重，只求她不必详说。

　　"这是轻松山房。"导游小姐款款道来。

　　一座小楼，粗看是木头的，其实是水泥。擅长做木匠活儿的柳州人（世上有死在柳州一说，就是指这里的木工手艺超群，做出的楠木棺材享誉东南亚）把水泥漆成干燥的松色，好像刚刚剖开的松木，仿佛还有松脂味。每隔一段距离，还精致地画出木节，惟妙惟肖，就差画出几个虫子眼儿了，要不连啄木鸟都得上当。也不知这山房是派什么用场的，青山绿水掩映下，还算雅致。我胡乱点了一下头，算是看过了，预备举步向前。

"你凑近看看，那上面镶有一副对联，挺有意思，柳州一绝呢！"导游小姐热情相邀。

同行的人并不理睬，匆匆远去，想着一座水泥房舍必不是什么名人故居。导游小姐有些不知所措，又不好把人强拽回来欣赏这座基本平常的小楼。

我不忍看她尴尬，就很敷衍地走过去，看那对联上潇洒的行书。

男女有别来此寻方便须看清方向

大小均可入内得轻松请注意卫生

横批：轻松山房

我瞠目结舌。这座山房是……实际就是……我的判断已然做出，但惊异地盘旋着，不敢贸然落下。因为那结论不雅，因为我从未见过类似的景点。我们是一个喜欢饮食文化的民族，却常常只注意竹筒的这一端而有意忽视那一端。我们过分讲求儒雅，有时却忘了对自己天然的尊重。

我看着小姐，导游小姐也看着我，鼓励地微笑着，敦促我将那答案说出口。

"这是一处厕所。"我说。

"是啊！"导游小姐快活地笑起来，"这是我们柳州一景，也许是全国最漂亮的厕所，起码名字是啊！"

细细看去，轻松山房是座二层小楼，形状类似颐和园的石舫。扶梯而上，内里四处都很洁净、很干爽，没有丝毫异味。到处保持着暗红的木质色调，更显出卫生洁具的雪白。仿佛有巨大的抽风机在看不见的地方运作，空气清新如晨。细细观察，屋顶和墙看似一体，实则是分开的，有蓝色的山风从那间隙呼啸而过。紧贴着山房长着一丛丛茂密的修竹，竹叶把扶疏的影子探进来，像扇骨一般摇曳着。

聪明幽默而又风雅的柳州人啊！真难为你们盖了这一座美丽的建筑，起了这一个诙谐的名字。"轻松"二字，合一种调侃、一种写实、一份彼此心照不宣的机智。山房的命名，又合了这山、这竹、这龙潭清幽的风韵。

走出轻松山房，我对一直等候的导游小姐说："我会记得柳州。"

一位先行者赶回来，不好意思地问导游小姐："跑了好远，也没有找到个方便的地方。你可知道这附近哪里可行？"导游小姐说："谁让你刚才不在这里停一停！"

那位先生惊愕地说："这么漂亮的地方，哪里想得到是'出处'！"

他刚要进去，突然问道："不知门票要多少钱？"

我这才记起，轻松山房是不收钱的。

Wan
An

教我绘画

温斯顿·丘吉尔是1953年诺贝尔文学奖的获得者。我最喜欢的是他的散文——《我与绘画的缘分》。

文章的头一句话就吸引了我——"年过四十而从未握过画笔，老把绘画视作神秘莫测之事。"老丘吉尔实事求是地袒露心迹，使我感到亲切。

我总是把是否令人感到亲切当成一件很重要的事，这证明我实在是个平凡的人。这个世界上多的是平凡的人，少的是伟人。能够听一个伟人说平常的话，不知为什么，就更多一份感动。人们要说同某件事的缘分，多从遥远的童年讲起。每逢看到这种回忆的时候，我就不由自主地微笑。这笑容并不完全是善意的，因为我怀疑他们的记忆已在多年的沉淀中变质。

老丘吉尔的坦率（起码我相信在这件事上他说的是真话），使我饶有兴趣地往下看文章。以前我常常忍着心中的不快，读一些在气氛上就令自己不喜欢的东西，以为自有一份神秘埋在深处，有一种甘当读书苦行僧的修炼意志。随着年龄渐长，我的耐心被腐蚀了，变得越来越不善于忍受。一旦我在某人的文章中嗅出矫情与做作，即掉头离去再不勉强自己。

老丘吉尔在绘画这个神奇的领域里，大开了眼界。他很希望别人也能体验到这一番快乐，就眉飞色舞、不厌其烦地讲述那些在专业绘画人员看来不屑一顾的常识。譬如"油画颜料比水彩颜料更好""调色刀可以一下子就把一个上午的心血从画布上铲除干净"……

我在这些近似天真的话语里看到了老丘吉尔得意的神色。我想，他一定曾听别人讲过类似的诀窍，但是他忘了。或者他没忘，但觉得这不是自己的亲身感受，于是不予在意。只有经过自己肆意舞动画笔，才深刻地体察了这些教条的可爱，忍不住再说一遍。他这一说，就说出了和别人不同的味道。他写了第一次绘画时人对画布的恐惧，然后是一种征服调色板的快意。他写了对光的神秘的感悟，对美术高手的倾慕，绘画对于旅游的调剂，甚至说到了在绘画的案台前和在教堂里站立时的不同感觉……

这些渗透了幽默的话语，令人会心一笑。最后兴致陶陶的老丘吉尔简直像个颜料商似的，赤膊跳出来说："买一盒颜料，尝试一下吧……惠而不费，独立自主，能得到新的精神食粮和锻炼，在每个平凡的景色中都能享有一种额外的兴味，使每个空闲的钟点都很充实，都是一次充满了销魂荡魄般发现的无休止的航行……"

这真像是广告词，幸而老丘吉尔没有说出某种颜料的具体牌号，才使人确信他襟怀坦荡。

读了老丘吉尔的这篇大作之后，我想，在我一生的某个时候，可能要拿起画笔，试着画点儿什么。我得说是老丘吉尔鼓励了我这样做，是他教我画画的。当然他绝不是一个好的画师，也许我孤陋寡闻，不知他有何传世的画品留下。即使有，我想也不是因了画技的高超，而是沾了名气的"缘分"。但他鼓励了我，一篇好的文学作品可以鼓舞人，不仅是在宏大观念上，有时也会在一件极小的事情上。

我常常在文学作品中寻找处境这种东西，或者简言之是一种状态。大到对宇宙的看法，小到对一枚绣针的观察。当我得知在这个世界上很远的地方，有一个人会和我有一种共识的时候，心灵就模模糊糊但是毫不迟疑地暖和起来。当我打开一部书的时候，我会有一种朦胧的自己的心被他人诉说的期望。假如我的这种期望始终得不到满足，我就会合上这本书，并对别人说：它不好看。

也不可把自己实践画画的起因全归结于老丘吉尔。他只是一个触媒，最原始的愿望早已结成蛹，潜藏在暗处，我想，要是能把它凝固下来，起码对我个人是有益处的，在创作中断之后看一眼，就可迅速进入氛围（这只是我的想象，实践起来不知会是怎样）……

假如没有老丘吉尔，这个想法可能就会永久地冬眠。看了他的这篇散文，在某个阳光明媚的早晨或是狂风大作的夜晚，也许我会拿起画笔一试。

只是我用的可能是老丘吉尔所不屑的水彩颜料，而不是他所说的油画颜料。我喜欢水彩稀薄的美丽。

○生当
做瀑布

　　"峡湾"是个词，是个专有名词。这名词在词典里的解释是——对不起，没有。我查的是《现代汉语词典》，手头最方便处摆放的就是这部词典，通常都不会让我失望。但这一次，例外。

　　只得分开来查。关于"峡"，它说是"两山夹水的地方（多用于地名）"。然后再来查"湾"，说是"水流弯曲的地方"。

　　现在，你把这两个字拼在一起，"峡湾"的意思就是：两山夹水的弯曲的地方。

　　现在，你明白"峡湾"的意思了吗？

　　我估计你还是不明白。因为两山夹水可以是长江三峡，但峡湾不是三峡。夹水的弯曲的地方，可以是漓江，但峡湾不是漓江。

峡湾究竟是什么东西呢？或者更准确地说，它不是一个什么东西，而是一个什么地貌呢？

用一句通俗的话来讲，峡湾就是海水构成的山谷。

中国的地势是左高右低，按照上北下南左西右东的标志，中国的西部高东部低，靠近大海的地势，是平坦而中庸的。这样，我们中国人就以自己的亲身体验，认为海岸线是平原和大海的渐次衔接，是一个和平过渡的交班。但这有点一孔之见，在地球的其他地方，并不都是这样。

挪威的峡湾被幽深碧蓝的海水充溢着，但源头并不是海水，而是高山上的冰川。由于气候变换，冰川时代结束，大地回暖。昔日不可一世的冰川开始融化，向大海缓缓滑去，这个过程看似缓慢柔润，实则蕴含着强大而持久的力量，犹如锋刀的切割。冰川美人，手持潺潺而化的溪流，当成微型利剑，日复一日潜移默化地将高山雄健的肌体划得遍体鳞伤。终于，高山成壑，大地分裂。成功地复仇之后，冰川之水义无反顾地向大海奔去，山麓荷满支离破碎的皱纹，在那里仰天叹息。海水不失时机地乘虚而入，它其实是爱戴和敬仰高山的，用深邃的咸涩的泪水把峡谷填平。

这就是峡湾了。窃以为，峡湾不如叫成陆海壑，这样比较清晰一点。但是，会不会有人以为陆海壑是海中的陆地呢？那就又说不清了。还是叫峡湾吧，去过的人多了，其义自明。

美国有本《国家地理》杂志，大名鼎鼎。中国人知道这本刊物，不少是来自《廊桥遗梦》故事里那位男主角罗伯特·金凯，这位漂泊四海、孤独、充满激情的摄影记者就常常在这本杂志上发表作品。该杂志独出心裁，组成了一个庞大的专家组，囊括了生态学、地理学、城市与地区发展、旅游介绍与摄影、文化自然遗产保护、考古学和可持续旅游领域的各界人士。根据六项标准加之亲自体验审查，对世界各地115个旅游目的地进行了评选。这六项评选标准是什么呢？

1.生态与环境质量。

2.社会与文化完整性。

3.历史建筑与文化古迹质量。

4.美学与吸引力质量。

5.旅游管理质量。

6.未来前景。

一番讨论之后，专家组列出了全世界50个世界最佳旅游目的地。在这张清单上，排第一位的就是挪威峡湾。

在中国乃至亚洲大陆并没有峡湾，除新西兰、智利等国偶有所见外，世界上80%的峡湾在欧洲，而欧洲的峡湾主要在北欧，北欧的峡湾则主要在挪威。峡湾的英文名是"Fiord"，有时特指的就是挪威的峡湾。

挪威南部的大西洋海岸线呈不寻常的曲折，多条宽阔的"海流"蜿蜒伸展到内陆达150千米以上。峡湾的水非常深，一般都在几百米，最深达到1200米！两岸的山峰动辄也是千米高，万丈绝壁紧紧钳住一泓蓝水，这水还会随着潮汐一呼一吸，是不是有一种诡异的壮观？

峡湾里瀑布之多到了令人眼花缭乱的程度，可以说千米之内必有瀑布，常常是一眼望去，三四道瀑布同时跌落九天，细者如银丝，粗者如白绫。从北部的瓦朗厄尔峡湾到南部的奥斯陆峡湾，车行之处，无数大小瀑布如万马奔腾。一道接一道，呼啸着、喧哗着溅入峡湾，构成烟雨迷蒙、彩虹仙境。

旅途中，不由得想到，如果我是水，做哪里的一滴水呢？做藏北高原狮泉河的一滴水吗？那里太冷了。做大海中的一滴水吗？海啸壁起的时候，杀人夺命，罪孽深重。做黄河中的一滴水吗？虽然历史久远，然携带泥沙太过劳累，不得休息。做南极的一滴水吗？虽然洁净，但万古不化的寂寞也令人怅然。

思前想后，最后做了一个决定——生当做瀑布。瀑布的前身是小溪，无拘无束地跳跃和畅流。小溪们汇聚在一起，就长了能耐和勇气。人多力量大，水丰好办事，同心协力找到腾空而下的山岩，嘻嘻哈哈地纵身一跃，快乐地自高处跌下。水珠们拿着大顶叠着罗汉，倒栽葱地撞向深处，被风扯出透明的旗帜，在飞翔中快乐地撒欢。

瀑布没遮拦地降到了谷底，反倒安静了，变成了一汪小小的泉。如果有幸在挪威做了瀑布，通常不会旅行太远的行程，就被峡湾收编了去，成为海的一部分。

我是一个很爱吃巧克力的人。在瑞士的时候，导游的一句话让我来了兴趣。导游说："世界上哪里的巧克力最好吃呢？是瑞士。为什么呢？因为巧克力主要是由可可脂和牛奶构成的。"

我觉得这几乎是一句废话，等于说你知道今天的天气为什么好吗？因为今天是星期三，明天是星期四，所以天气好。不解决任何问题，疑团继续存在。

瑞士是一个面积只有4.1万平方千米的小国，山高水险并且冬季严寒，全国并不生长一棵可可树，瑞士也从未有过殖民地，和可可生产地如非洲、南美洲等没有任何直接关联。就是说，瑞士生产巧克力，几乎就是先天不足。然而，为什么瑞士是世界上巧克力的第一生产大国，享誉全球？

巧克力的所有制造方法都是在瑞士发明的，瑞士人使巧克力的制造流程和方法达到了几乎完美的地步。最可贵的是瑞士人并没有让巧克力长久地保持高昂的身价，而是毫不犹豫地把它从奢侈品的皇冠上拉到了平民的椅子上，成了大众化的消费品。1819年，500克巧克力的价钱高达6瑞士法郎，这在当时相当于一个普通工人三天的工资。1826年，建立了一家巧克力工厂，所有机器设备的动力都来自水力，大大提高了效率，每个工人每天可生产25至30千克巧克力，降低了成本。1830年，勒拉赫和自己的儿子们在洛桑建立了一家工厂，并发明了欧洲榛果巧克力。一位屠户的儿子把巧克力与牛奶混合在一起，从此结束了巧克力带有苦味的历史，产品有了一个质的飞跃。同时，他发现Henri Nestle最新发明的炼乳方法很好，遂用来制造出了美味的牛奶巧克力。

1879年，鲁道夫·林特在伯尔尼大教堂下的阿尔河旁建立了自己的巧克力工厂。他发明了一种被称作"Conchieren"的工艺，在较硬的巧克力泥中加入可可脂，使瑞士巧克力有了今天高贵、精美的味道。

瑞士是世界上巧克力消费最高的国家，最高纪录为2001年人均消费巧克力12.3千克。以我当过医生的经验，真觉得这么多巧克力的摄入，怕容易引起血糖、血脂的增高吧。

瑞士商店里的巧克力琳琅满目，品种有几百种之多，售价也很便宜，一块简装的没有华丽外壳的100克巧克力，只相当于人民币几元钱，吃到嘴里，甜香软滑，非同一般。

说了这么半天，还是没有把瑞士巧克力天下第一的秘密揭露出来。其实，谜底很简单。导游指着车窗外说，因为瑞士有最好的奶牛，最好的奶牛挤出最好的牛奶，最好的牛奶就做出了最好吃的巧克力。

在阿尔卑斯山麓，有无边的草场和自由自在的奶牛。瑞士奶牛不是黑白花的，通常是红白花或是黄白花的。它们体形硕大，乳房饱满，无忧无虑地吃着草，好像生活在远古时代。导游说："你们注意到牧草了吗？"我瞅了半天，说看不出有什么特别的，只是这里没有污染，好像格外嫩绿。导游不满意，说："你没发现牧草的品种不一样吗？瑞士精心研究牧草，培养优良品种，有时候要花费五六年的时间，才能选定某种优质牧草的种子，播撒在草地上，才会长出富有营养的牧草。吃着这种牧草长大的奶牛，才有可能挤出芬芳浓郁的牛奶，然后，才能保持世界第一的口味独特的巧克力啊！"

原来，巧克力的生产线是从牧草开始的，多么长远的谋略啊！

山色越发深了。车停下来休息，在欧洲，司机的工作时间是固定的，每两个小时必须休息，不得违背。车上有类似飞机上的黑匣子装置，只要汽车一发动，它就开始记录，包括测算司机每天的驾驶时间和休息的频率，以防疲劳驾驶。

此处景色优美，奶牛们三五成群，在牧场上优哉游哉地闲逛着，看到游客们，也不躲避，睁着好奇的大眼睛，好像在猜测这些人的来历。

有人充满善意地走过去，企图近距离地触摸奶牛，和奶牛合影，可能也想抚摸一把牛背什么的。导游赶紧招呼大家，说这万万使不得。

导游说："近几年来，在瑞士，牛和人之间发生的事故，比过去多了许多。究其原因，可能是由于新的养殖方式造成的。"

过去奶牛受到人的照料比较多，现在，它们更多的时间是在牧场上散养，跟牧民接触的时间很少，已经不习惯跟人靠得很近。也就是说，在某种情况下，这些奶牛部分地恢复了野牛的天性，桀骜不驯。你别看它们好像长得很温驯，其实发起脾气来也是很彪悍的。即便是一头样子乖巧的小牛，也不可以随便触摸，否则，你就有可能被它追得到处乱跑，或者全身负伤。

再者，旅行者来自四面八方，没有和奶牛打交道的经验。看到奶牛生气了，他们也跟着惊慌失措，不知道如何是好。有些人本能地立即转过身撒丫子就逃，但这其实是最危险的举动，会刺激奶牛进一步发作。正确的做法是保持安静，慢慢地蹑手蹑脚地远离奶牛。

多出悲剧之后，瑞士徒步旅行协会发出郑重建议：别去打搅奶牛，更不要想着去触摸它们，可爱的小牛也很危险。不要试着去吓唬它们，不要死死地盯着它们看，也不要当着它们的面舞动棍子。万一发生极端的情况，你就瞄准它们的屁股来一下。

听导游这么一说，我们个个视牛如虎，再也不敢靠近。导游稍稍缓和了口气说，如果你实在太喜欢奶牛了，在离它们20米的地方看看还是可以的。

就这样，我虽然非常喜欢奶牛，但是没有留下一张和奶牛合影的照片，因为我在距它们25米之外。

山路越来越险，真不知道深山里的牛奶如何新鲜地卖出去。看来我的担心不是多余的，这个问题也逼着牧人们开动脑筋。一个名叫保罗·韦勒的牧人，每年都为他的奶酪销售犯愁。他的牧场使用太阳能，木材是用直升机空运来的，设备一流。奶酪则是牧场主按照传统方法制作的，质量绝对优等。可是因为交通不便利，他的产品就是销不出去。

头脑灵活的牧人想到了出租奶牛。他在网上刊登了奶牛的照片，一头奶牛整个夏天租赁费用为380瑞士法郎，估计可产70至120千克奶酪，租赁人在9月份就可以来牧场收取奶酪——可以将其带走出售，也可以馈赠亲友。

多么聪明的牧人！保罗的计划大获成功，15头奶牛在网上被租赁一空。保罗还计划扩大服务范围，将周围几个牧场的奶牛通通在网上租赁出去。

真佩服保罗的好脑子，当然也佩服保罗的照相技术。想来他毕竟是主人，聪明的奶牛认得他，乖乖地让他照相，并且把自己的照片贴到互联网上，供人们评头论足。

离开瑞士的时候，有的人买了表，瑞士的手表当然是天下第一。我也买了瑞士天下第一的东西，这就是瑞士的巧克力。特别挑选了"三角"牌巧克力，因为喜欢包装上的图案——高耸的阿尔卑斯山。据说这个牌子的巧克力特意制成三角形状，就是为了纪念欧洲最高峰的身姿。也是为了立此存照，想到那些幸福的、自由自在的、偶尔发发小脾气的奶牛，它们分泌的精华就存贮在这块巧克力中。

后来，我又到过一个欠发达的国家，看到田里的耕牛目光惨淡、骨瘦如柴。它们的脊梁如悬崖般锐利，如果有什么人胆敢骑到它背上的话，牛肯定会在第一时间被压垮倒地，那个人的尾骨也会被牛背切出伤口。从此我对"骨瘦如柴"这个词，有了形象化的记忆。那不仅仅是菲薄的瘦，更是生命的干涸和死亡的引燃。

写了半天，把挪威和瑞士这两个国家生拉硬拽到一处，真是没有太多的道理。也许，连接这些文字的，就是游丝般飘荡的思绪吧。如果我是一滴水，纵是一滴普通的水，也希冀着跌宕起伏和波澜壮阔，也渴望游弋和携手，那就做一次瀑布吧。如果我下辈子变成一头牛，就到人迹罕至的山里去，吃的是优质的草，挤出优质的奶。不要被人打扰，不要留下影子，百无遮拦、自由自在地在山坡上蹓来蹓去，为人间的香甜贡献一点力量。

○外科医生
的圣殿

Wan
An

　　芝加哥的九月，寒冷已到十分。为蓝色的湖水抖动着森然的冷气，像要把人吸入湖底。在所有的预定项目之外，我对安妮说，我想去参观"国际外科博物馆"。

　　当过医生的人，就像是得过麻疹伤寒之类终身免疫的疾病，有了持之以恒陪伴一生的抗体——那就是对人长盛不衰的热情与好奇。早在北京家中得知我会到芝加哥的那一天，我就在本子上写下了——争取参观国际外科博物馆。

　　在观光手册上，关于这个博物馆，只写了简单的一行字"被誉为世界外科的圣殿"，然后就是地址和票价。

　　我不是外科医生，和我的内科技术相比，我的外科手艺相当不好。按说我的责任心不错，考试的成绩也是上等，但我知道，那是付出了多么惨痛的代价才换来的。记得实习手术时，我总是不能轻巧地打开手术钳的锁扣，手术台上屡遭器械护士的白眼。我只好把手术钳偷偷放在军衣口袋里，无论是坐着开会还是走在通往食堂的小路上，都在衣袋里抖抖索索地操纵着手术钳，练习着用最微不足道的力量，轻巧地完成手术钳的开合。若是有人在一旁冷眼看到了我的举措，一定以为我在暗中练习扒窃的技术，以求怎样神不知鬼不觉地偷人钱包。真是功夫不负苦心人，后来几乎可以在下意识中完成打开手术钳的工作，近乎化境了。真正的悲剧也就在这时降临。一次手术，因为紧张和慌乱，居然在不该打开钳子的时候，手指轻轻一动，钳子应声弹开，病人的腹腔立刻变成了喷泉，鲜血如同香槟酒一样，冒着泡地翻了出来，油滴样的冷汗顷刻将我厚厚的手术衣湿透……最后好不容易才将病人从鬼门关上招回来。

远了。还是回到寒冷的密歇根湖畔。我对外科医生的敬畏，使我从此远离了外科。当我完成实习以后，无论德高望重的外科主任怎样挽留，说他可以把我培养成一名优秀的外科医生，说这样的机遇对一个女生来说是多么的罕见和幸运，我都毫不犹豫地拒绝了。我被那一次喷涌的鲜血将灵魂浸软，残存的一点胆量，只够支撑我在博物馆里瞻仰外科。

我和安妮到达林肯公园附近的1524号馆址，已是下午时分。

这是一座安静的灰色建筑，门口有外科医生的塑像。可能是临近下班的时间了，除了我们之外，没有其他游人。整个博物馆笼罩在寂静中，到处是金属的锈迹和反光，给人一种轻度的恐怖感。

这家博物馆的创始人——麦克斯先生，生于1880年，原籍匈牙利，19岁来到了芝加哥，1904年毕业于罗斯医学院。然后他自己开始行医，医治了无数的病人，成为享有盛誉的外科医生。他的性格在外科医生中当属凤毛麟角，仅仅操纵手术刀无法使心安宁，于1935年创办了国际外科大学。当了大学校长，他仍不满足，深感不能表达他对于外科的热爱和献身，于1954年买下了这座四层的灰色楼房，建立了世界第一座外科博物馆。

博物馆里展出了大量的实物，主要是早期的外科手术器械。可能是年代久远，再加上那时的制造工艺简陋粗糙，很多器械现在看来已近乎刑具。比如我在教科书上看到过"铁肺"这一名称，一直无缘得以亲见。此次一旦见到实物，着实吓得不轻。它的体积庞大，结构狰狞，好像一种逼人招供的刑讯设备。我真的怀疑从这样的器械中，是否走出过活下去的病人。还有一种输血器，完全铁制，有个双向的开关，然后向不同方向接出两根管子，样子像个自行车的打气筒。如果不看说明，你绝对想不到这是救人性命的法器。在输血器的上方，画着几幅示意图。真是拜托了这些当年的画家，才使我们今天得以知道这种奇怪的仪器是如何使用的。

输血器是一个负压的抽吸泵，它的两条管子，一条接在垂危的病人胳膊上，另外一条接在健康的供血者身上。只要打开输血器的开关，就可以把供血者的血源源不断地直接输入到病人身上，这个仪器如果仅仅展示到这里，除了让人惊讶输血器的简陋以外，还不致让人太出乎意料。但紧接着下面一幅画面，就让人诧异莫名了。原来，应用的时候，在输血器的另一端，就是供血者的位置，躺着的不是一个人，而是一条狗。

把狗血输给人，真是不可思议。但我相信，在输血的最早期，一定是做过这样的尝试。毫无疑问。那些悲惨的病人，都在更悲惨的输血反应中一命呜呼。我相信，同时死去的还有那些排危解难的狗。

在下一幅图画中，左侧还是痛苦呻吟的病患，右侧的供血者由狗改成了马……结果当然还是一样凄凉，人死了，马也死了。

屡屡的失败教育了早期的外科医生，在另外的图画里，我们终于看到是一个人躺在那里供血，而不是形形色色的动物了。可是，人给人输血，有的病人活过来了，有的病人却更快地死亡了。

看到这里，我为一百年间在暗夜苦苦摸索的外科医生感到辛酸。那时，他们面临着怎样的苦恼和未知啊。我们现在已经知道，人和人的血型至少有四种显著的区别，如果不化验血型就输血，输血反应导致死亡的概率起码要超过50%。同样一个输血器，用在这个病人身上，他活了，用在那个病人身上，他却痛苦地死去了。这是一枚怎样的魔指，在分配着性命的生杀予夺？我估计那时的外科医生，每次使用这个冷硬的铁家伙，一半是恐惧一半是希望，更多的是不可知的悲怆感。并且，没有抗凝剂，没有输血计量设备，输血器一旦开始工作，天知道会有多少血流到病人身上，如果输得过多了，还要把输血器的反向装置开动起来，再把病人身上的血，回灌到供血者身上……也许因为我的医疗背景，面对着各式各样的古怪器械，不由得走火入魔。想得格外烦琐，叹息声也就长声复短声。

还有骨科锯、碎颅器、凿子、子宫钳……年代久远，不知是当年的血迹（这不大可能吧？）还是岁月的锈蚀，总之这些原来想必是银光灼灼的器材，如今人老珠黄，只剩下冷漠的粗粝。

安妮说，毕老师，让我摸摸你的手指。

我不知她是何意，把手递给她。安妮的手掌有涔涔的汗，指尖冷冷。我说，安妮，很抱歉。你不是医生，看这些切割人体的仪器，是一种残忍。

安妮说，是的。我一阵阵地恶心。不知当年创制这家博物馆的医生，是准备给医生们参观还是给普通人参观？我想说，对普通人来说，实在超出了能够从容忍耐的限度。

我承认安妮说得很对。你在这所博物馆里，逃脱不了一种被压榨感，无助感，令人宰割的孤独感。也许只有在这里，人才能更深刻地感觉到什么是"外科"。当人的身体在这里被分割和解剖的时候，你对生命的认识，也就更直接和简明了。

人的血和狗的血、马的血，有区别吗？它们都是红色的，都能提供我们奔跑和跳跃，在外科医生之前，没有人知道它们是不同的。外科医生带领整个人类认识到这一点，为此付出了惨痛的代价和漫长的时光。

把那些残破的无可救药的肢体和脏器，从整体上切割下来，把那些可堪修补的部分穿针引线地缝缀起来，这是什么？这就是外科。于是，外科医生就同木匠和铁匠，同缝纫匠和箍桶师没有根本的区别。如果一定要找出他们的不同，那就是外科医生的布料更昂贵，式样更简单，针脚更细密，操作的台案更狭小。而且，他们的产品往往是无法展示的，深藏在人体的洞穴中。

高大的馆舍里只有我们两个参观者。我们走到哪里，我们自己的呼吸就在哪里响出回声。那种突如其来惟妙惟肖的蜡像，往往吓得我们发抖。一个孕妇被按住四肢，在没有麻药的状态下，被人剖腹取出婴儿……濒死的产妇，飙射的鲜血，手舞足蹈的婴儿……

安妮对我说，你有没有发现，对付妇女的器械好像特别多，而且个个都很巨大沉重？

安妮的见解很有眼光。也许因为外科是男性世袭的领地，男医生占了绝对的优势，所有外科器械都是以男人的操作方便为设计的前提。

由于女性的独特生理构造和繁衍生殖的使命，使得女性接受外科手术的机遇和项目更多。那些针对子宫的拉钩，为什么不可以做得更精巧和细腻一些？那些对付婴孩的工具，为什么不能更柔软和光滑一些？

感谢这座外科博物馆的不懈收藏。有很多东西，当它们孤立出现的时候，如同散落的野花，深藏不露的气味，因了稀疏而被遮挡和稀释。当它们浓烈地堆放在一起，那种令人不安的气息就蒸发出来，熏得人不得不思考和应对。传统的外科忽视了妇女的生理特性，这是历史的遗憾。

我的步伐渐渐加快。安妮说，你在找什么？

我说，我在找中国。

是啊，既然叫"国际外科博物馆"，就该有中国。终于，找到了，在一个角落里。没有实物，是一些连环画，画的是华佗使用"麻沸散"和关公刮骨疗毒的故事。图画很精致，一旁有说明：此画系一华侨捐赠，博物馆表示感谢云云。补上了空白，这很好，但这组画面更多地像一个传说和艺术品，同馆中其他部分斩钉截铁的实物相比，有一点孱弱。

直到闭馆的时间，我们才走出大门。我买了个小小的纪念品——一个塑料的关节：由股骨头和半扇髋骨组成。白骨嶙峋的，从直观美觉上，实在谈不上有多少乐趣。之所以买下，除了它的造型少见（在别的地方，你哪能买到比例如此精确的骨骼制品），更想到一个特别的用途。母亲年事已高，老相识中很有几位阿姨，因为缺钙，跌了一跤，就造成了股骨头骨折，躺在床上，足足半年休养生息。我敦促妈妈补钙，她却时常忘。这个小玩意儿，可以再形象不过地说明什么是股骨头，为什么它那么容易骨折而难以愈合。

○特殊

Wan
An

摄影师

　　女孩子都喜欢照相。哪怕是最丑的姑娘，也会在青春年华，偷偷地留下倩影，没人的时候反复端详，找出面容上最经看的部分，为自己鼓劲。而且相片这东西还有一个特点，就是拍照的当时，你基本上都不满足，不中意，随着时间的流淌，逝去的时光变得越来越宝贵，你就后悔当初为什么不多照一些相片了。

　　高原上的女兵，对照相这件事的认识，一直很清醒——就是抓紧一切可能时机，尽可能多地留下照片。倒不是有什么先见之明，想到在白发苍苍的时候，可以指着自己早年间的照片，瘪着没牙的嘴，对小孙女说，看，奶奶当年也有英姿勃发的时候，怎么样，很靓的吧……主要是我们兵龄不长，穿上这种新服装的样子，自己还没有欣赏够，就被运到了雪山上。家里人、同学、老师、朋友、亲戚等等，跟在屁股后面要你寄照片回去给他们看看，要是久久寄不到，简直会被怀疑你这个兵是个冒牌货。照相成了当务之急。再说周围的景色，实在是太像火星了，寸草不生的岩石，给人一种自己是宇宙人的感觉，我们也急不可耐地想让远方的人一同欣赏和惊讶。

到达高原，我首先知道了女厕所和食堂的方位后，第二个急需打听的问题就是：照相馆在什么地方？

接受我询问的是个小伙子，个子高大，相貌英俊，缺陷是脸色有些苍白。自我介绍姓胡，是个技士。我想应该是问对了人，老头有可能不知道照相馆的位置，而这模样的同龄人，对此必会了如指掌。

胡技士很惊奇地看着我，好像我问他的不是一处平常所在，而是赌场或是火箭发射塔，停了一会儿才说，这里不是平原，没有照相馆。

我说，怎么会？雪山上这么多兵，远方的家里人就不想知道自己的孩子变成什么样了吗？就是他们自己不想照，家里人也会催个不停。

胡技士说，雪山上的兵并不像你想的那样多。就算每个人每年照一张相，照相馆也没多少生意。摄影师会饿死。

我说，我，还有我的战友，就是说所有的女兵，一年每人最少会照十张相。

胡技士冷笑起来说，就算你们每人一年照一百张相，也没用。你们才几个人！

我说，还有你们嘛。人多力量大。

胡技士说，我两年才照一张相。主要用途是相亲的时候，家里人给对方看一看，就足够了。剩下的事，就是省下钱来，把看过我相片的女方娶过来。

我对胡技士悲天悯人地摇摇头。在照相方面，此人实在是胸无大志，不可救药啊。

我把从胡技士处得来的情报告知女友，屋内一片哀鸣。片刻后，小鹿第一个打破悲痛的气氛，对我说，咦，你不会搞错吧？我很气愤这种明显不信任的口气，马上同胡技士站到一个立场上，说高原上只有这些兵，就算把照遗像的概率都考虑进去（遗像每次要照很多张），摄影师也要饿个半死。

小鹿不服，说你从一个光着脚的人那里，是打听不到卖鞋的地方的。

我反驳说，既然大家都光着脚，你凭什么断定这里有鞋铺？

正吵得不可开交，小如到外面转了一圈回来，说，百闻不如一见。我有个新发现，在不远处的僻静角落，有一间小房子，上面有个牌子，写着"照相室"。

我傻了眼，说，小如你没有骗人吧？话刚出口，我就用手捂住嘴。小如哪里是骗人的人？再说，我从心里希望这是真的。小如并不计较我的怀疑，很诚恳地说，我也搞不清那到底是个什么地方，安静极了，也没个人可问。要不，咱们一齐去看看吧。

我们三个立刻跑出去，剩下的人等我们消息。七拐八拐，果然找到了一间孤立的小屋。千真万确，门楣上悬挂的牌子上写着——照相室。

周围很静，这里好像是被人遗忘的角落，但打扫得很干净，分明透出经常使用的痕迹。

这是一处秘密照相点。摄影师怕被人打搅，所以弄得很隐秘。小鹿很有把握地说。

小如过去敲敲门，里面一点动静也没有。小鹿说，你动作太轻，好像敲幼儿园的门。看我的！她捏起空心拳头，直播两页门扇的接壤处，木板的震动加上铁插销的共鸣，一时间好像闹起了小型地震。

谁啊？耐心点！正洗相呢，等一等！里面回答。

天地为证，我们几双耳朵，都清清楚楚听到了"正洗相呢"这句话。哎呀呀，踏破铁鞋无觅处，得来全不费工夫。小鹿满脸功臣神色，好像这个照相室，是她在片刻间用拳头砸出来的。小如比较有涵养，一声不响退在一边，但掩饰不住的兴奋，还是把她的嘴唇烧得更红了。她是我们之中最漂亮的女孩，自然对照相有着刻骨铭心的热爱。至于我，满脑子想的是，赶快把胡技士揪了来，让他揉着眼睛，目瞪口呆地向我们道歉。

等待中好像过了一千年，门终于沉着地打开时，我们看到了一张血色不足的脸。因为长时间在暗室里工作，摄影师眯缝着眼，一副见不得天日的样子。

揉着眼睛、目瞪口呆的人——是我——那个摄影师不是别人——正是胡技士。

我说，你怎么在这里？

他说，我怎么就不能在这里？我一直就在这里工作啊！

我火了，你说这里养不活摄影师，原来是自己在吃独食啊！

胡技士愣了片刻，好像突然明白了，说，看来我们之间有点误会，欢迎你们参观我的工作间兼暗房。

我们三个鱼贯而入，小鹿在我耳边低声说，原来你和摄影师早就通了消息，倒把别人蒙在鼓里。

我抗议道，谁知道他在这里像个特务似的潜伏着啊！

屋里很黑，一盏红色的小灯，好像糖稀已经融化光了的冰糖葫芦，几乎没有光芒，只是一个稳定的红球，用朦胧的光晕勾出大家的身形。地板当中摆着一台硕大的机器，桌上有一个盛着药水的白瓷方盘，几张底片如红鱼一般泡在水里，看不清眉目。

你的机器比一般照相馆的复杂多了，照出的相一定也要漂亮得多。小鹿四处张望着说。

漂亮不敢说，比一般照相馆清晰，那是一定的。胡技士似笑非笑地回答。

只是你这墙上没什么好背景，海呀小亭子什么的，拍出来一片煞白，怪扫兴的。不过，也凑合啦，主要是把人物表情拍好就成。不知道你手艺如何？小鹿很内行地评点着。

红灯下，胡技士的脸红彤彤的，说，我经过正规学校三年学习，手艺应该是没问题的。

哟，光一个照相，你就学了三年，那可真是老师傅了。小如说。

胡技士的脸更红了。

我说，胡技士，你什么时候给我们照相啊？

胡技士说，我照的相，和你们平常见的相片不大一样。不过，按我的观点，一个人一生，是应该或者说是必须留下一点这种相片的。

小鹿说，我的相片的最大意义，就是要照得比我本人胖，这样我妈看到的时候就不会哭了。要不然，她一定会流着眼泪说，看，我家小鹿太瘦了，简直变成鹿脯了。

胡技士说，我能做的事就是实事求是，保证与你本人分毫不差。

小如凑到我的耳边说，我怎么觉得他这个照相馆与众不同啊？

我揣测着悄悄回答，咱们平常照相的时候，看到的就是摄影棚那一小点地方。山上房子有限，把很多后期工作的设备都挤到一起了，难怪咱们看着眼生。

小如半信半疑地不再说话。

小鹿说，今天我们好不容易找到这个地方，你是不是就百忙之中为我们了此心愿？

胡技士迟疑了一下，还是答应下来，问道，你们谁先来啊？

小鹿当仁不让地说，我先来。

我说，小鹿，冲锋的时候，你也这样勇敢就好了。

我们躲到一边。小鹿站好，庞大的机器移动起来。那钢铁家伙看着蠢笨，活动还挺灵巧，按照胡技士的指挥，左旋右旋，好像大象在跳舞。

好，你站好，不要动，头稍向左一点，好，就这样，屏住气，坚持一下，对……好，好了……现在我们再照一张侧面的。你的头转过来，对着墙壁……很好……好！

胡技士口中念念有词，像符咒一样，小鹿就像木偶，服从着他的摆布。不一会儿，照相结束。小鹿松弛下来，马上又痛苦地大叫，哎呀，我忘了说"茄子"了！

什么茄子？咱们这里一年无菜，不要说茄子，能有蔫萝卜吃吃就是天大的福气了。胡技士不屑地说。

不是吃的茄子，是表情。茄子会使我的嘴角微笑，你这个摄影师，也太不负责任了，为什么不提醒我注意表情呢？哼，要是照出一副哭丧相，我要你重照！小鹿不依不饶。

放心好啦，我绝不会把你照成哭丧相的。表情并不重要。胡技士很有把握地说。

轮到小如了，她按照小鹿的位置站好，很矜持地微笑着，看来想留下一张倾国倾城的玉照。没想到胡技士说，我不给你拍面部了……

小如大惊道，你难道要照我的后脑勺吗？或者说是照没有头的相？只剩脖子以下部分，那不成无头女尸了！

我说，小如你别胡说，摄影师说的是背影。小如你自己不知道，你的背影真的很好看啊。

没想到，胡技士不客气地纠正我说，不是拍背影，是拍手的特写。轮到我们把嘴张得大大的，齐声问，手？那有什么好拍的？不是白白糟蹋胶卷嘛！

胡技士不理我和小鹿，单独对小如说，我看你哪儿都很完美，只是身高欠缺一些。拍了你的手，我就能知道你是否还有长高的希望。如果多吃些钙，可能会有帮助的。

我和小鹿大眼瞪小眼，不知该说什么。搜肠刮肚也不记得以前的照相馆是否还开展过测量身高的业务。小如的脸兴奋得比灯泡还红，她知道自己是美女，但对不足也有很清醒的认识。现在有人说能帮她，自然十分感激。

于是，小如伸出纤纤素手，按照胡技士的指挥，做出五指并拢的角度，规规矩矩照了一张手相。

好了。下一个。胡技士又恢复了淡淡的语气。

就照一张啊？小如有些不满足。

一张就足够了。胡技士不容置疑。

轮到我了。照头还是照手？我问。

胡技士从头到脚打量着我，半天不做声。我吓了一跳，心想他不会让我照一张"脚相"吧？我昨晚忘了洗脚，万一当中亮相，在这密闭的屋子里，定是有碍大伙的鼻子。

阿弥陀佛，胡技士网开一面，说，就照一张半身的吧。大家留影完毕，小鹿说，什么时候取相？

胡技士想想说，如果没有其他特别的工作打扰，下午你们就可取相了。

小鹿说，这么快！你不收加急费吧？

胡技士说，用的都是边角料，基本上是废物利用，不收钱。只是请你们保密，不要对别人说，那样，工作量太大，我招架不了。

从那间写有"照相室"的小屋出来，我们三个乐得合不拢嘴。午饭的时候，我暗自笑了好几次，差点把饭粒呛到气管里。

下午，我们如约又到了胡技士的工作室，这回房间没上锁。我们走进去，胡技士说，正好，片子刚制作出来，效果还是不错的。

我们急不可耐地要观赏自己的尊容，忙说，请把相片给我们，到太阳底下去看。

胡技士说，还是在屋里看得比较清楚。

小鹿说，你这个屋黑得像个菜窖，要看也得把窗户打开啊。

胡技士说，那倒不必。我有特殊的灯光设备。

说着，他打开竖在桌上的灯箱，雪亮的荧光灯把一大块毛玻璃照得像半透明的冰川。胡技士拿起一张照片，往特殊的夹子上一戳，相片就镶在了玻璃上，影像顿时纤毫毕现。

首先映入眼帘的是一个骷髅头，眼眶凹陷，鼻骨高耸，嘴巴是个黑窟窿。

老天哪，这是什么？是你从坟墓里挖出来的死人头吗？小鹿惨叫起来，指甲深深地扣进我的胳膊。

这正是你的头颅正位片啊。胡技士说着，把另一张底片镶入玻璃。这次出现的影像更恐怖，是半颗惨淡的人头白骨。

不等我们缓过神来，胡技士又把一张较小的底片插上玻璃。在雪亮的灯光中，一只骨瘦如柴的手骨架像九阴白骨爪似的，五指朝天，冷冷地戳向天花板。

胡技士面向小如说，这就是你的手指骨骼图。观察骨骺融合的情况，你还很有长高的潜力。今后你多吃点钙吧。

胡技士马上又换了一张片子……不用说，那是我的半身像了。我凑过去一看，吓得闭上眼睛。从此，我算明白什么叫"形销骨立"了，骨头架子上，倾斜着摆着一列肋骨条，每一根都似巨大的丝弦，好似能奏琵琶古曲《十面埋伏》。

我们终于明白了胡技士的所谓"照相"，就是——X光拍片。

你这不算鱼目混珠，取笑人骗人吗！小鹿怒不可遏。

我可没骗人，一开始我就说，我的相片和别人的不同。在医学术语里，X光就是叫照相。我在医校学了三年放射专业，不信你们可以去查档案。胡技士不急不恼，含笑辩解。

可你这样的照片，我怎么能寄给妈妈？老人家还不得以为我已变成饿死鬼了？小鹿愁眉苦脸。

寄给妈妈是不妥，但自己保存很有必要。人有一张自己的骨骼图，就像拥有永不褪色的证件，无论你的外形怎样变化，骨头是不变的。比如，希特勒的尸体被烧焦了，最后确认身份，靠的就是他生前看牙病时拍的X光片。胡技士谆谆教导我们。

小如本来对胡技士心怀感激之情，因为他给了她一个好消息。但听到他总是谈论不祥的事情，忙说，说点别的吧。老讲这个，让我想起谋杀案来了。

胡技士说，很抱歉，让你们生出不美好的想象。但我真的非常热爱我的工作，恨不得让天下所有的人，都拍一张X光照片，留作纪念。

我说，胡技士，您的敬业精神当然很让人感动，可是我们的实际问题，并没有得到很好的解决啊。我看，你这儿洗相的家伙挺齐全的，虽说你的专业是照骨不照皮，但毕竟沾亲带故，你就给我们想想办法，拍几张正儿八经的照片吧！

大家都眼巴巴地看着他。胡技士搔搔头上的白色工作帽，说，只有一个办法，就是你们让家里人寄胶卷来，我在这里想办法借照相机，然后给你们照相。X光片和普通胶卷的冲洗过程大同小异，我努力摸索一下，估计问题不大……

小鹿打断他的话说，别光是底片啊，我要看真正的相片，布纹纸或斜光纸的……最好能放大，要是你再学会了上色，那就更棒了。

胡技士说，那还得找人买相纸、显影液、定影液、烘干机、上光机……麻烦着呢……谢谢你对我的信任。

小鹿说，艺不压人。我们愿意当你的试验品，你就好好练本事吧。

胡技士哭笑不得地说，试试吧。最好别对我寄太大的希望。

我们谢了胡技士，拿着生平最丑陋最古怪的相片回了宿舍，不敢给任何人看，自己也不敢看。尤其是夜里，烛光下，它能给人一种神秘莫测鬼魅丛生的感觉。不知她俩的留影后来如何处置，反正我把那张"琵琶精"照片偷偷给扔了。不管它在科学研究上有多大的价值，我可不想让自己一副从古墓里爬出来的模样。

　　至于我们的照相生涯，注定了还要有许多磨难。胡技士虽然热心，终不是专业人员，几次试验都以失败告终。他自我解嘲道，我是一个特殊的摄影师，只能拍那种深刻到骨头的照片。至于血肉丰满的形象，还是留给普通的摄影吧。

○一百万年
之前

Wan
An

　　我不爱看山。因为少时去过珠穆朗玛、喀喇昆仑、冈底斯三山交界的高原，摸过万山之父的脑门，便对其他的山都看得淡了。对于漓江那种纤巧若断的石柱，虽觉秀美，却不敢在山的范畴里恭维。窃以为一个人若真没见过魁伟峻拔的大峰大壑，以为这石林就是山的精髓了，实在是山也是人的悲哀。

　　但是白面山你却是非该看不可的。广西柳州的朋友说。因为那山里有座白莲洞。

　　洞也不看。我决绝地说。我知道每一个供参观的石灰岩洞穴，都被千篇一律的霓虹灯分割得支离破碎，无知的岩柱被强行赋予牵强的想象。亿万年的枯寂被纷沓的脚步扰乱，我们既丧失了远古也丢掉了现实。在看了许多大同小异的洞穴之后，我不愿再浪费时间。

白莲洞是中国唯一的洞穴博物馆，是古人类"柳江人"生活的地方。朋友郑重告知。

那一瞬，凛然一震，好像有个声音在九霄之上呼唤。人们对于祖宗有一种天然的敬畏。我走上白面山。

白面山位于柳州东南十二千米，海拔二百多米。（好矮！）山中有个岩厦式的洞穴，就是白莲洞。洞下有水洞，暗河汇入柳江。

白莲洞十分宽敞，上下共分六层。空气从看不见的空隙流动，好像北京通风设备良好的地铁车站。据一九八四年柳州环境保护所进行的大气监测，当时洞外的二氧化硫和氮氧化物的浓度接近二级，而洞内则为一级。也就是说，洞内的空气比外面新鲜了一倍。这原因大概是奇妙的石灰岩像滤纸一样过滤了空气中的杂质，使空气如蒸馏水般洁净。据说预备在洞里建一个疗养院，专门治疗气管炎、高血压，疗效显著。

有据可查的是抗日战争时柳州沦陷，一万多难民避于白莲洞内。日本人用辣椒烧成烟，呼呼地往洞里灌，想逼着人们出来就范。没想到白莲洞内的空气四通八达，难民们连个喷嚏都没打。

洞内有幽深的溪水，听说栖息着盲鱼，因为深不见底，且没有捕捞的工具，所以我们无缘得见这种因久居地下而失明的水中

觉得自己是一只小船，

我沉默着，

从遥远的洪荒驶来，

把树叶一样的繁多的疑问，

一代代传下去。

动物。

浏览路程长达一千七百八十米，途经大名鼎鼎的蝙蝠厅。那厅高大得如同礼堂，导游一道闪电般的光柱打上去，只见天花板上悬挂着无数黑色的灯罩。灯光惊扰了它们，成千上万的蝙蝠愤怒地拍打着岩壁，倒悬着发出老鼠一般诡谲的叫声。一群群的蝙蝠扭结在空中的形象丑恶而恐怖，我在惊愕之后，想到的是马上逃开。

这样我就脱离了大队人马，独自一个人在幽暗的石洞中徘徊。

四周静籁，听得见地下水从石灰岩乳头上滴落的声音，要好久好久才会听到一声，细碎得如同地球深处的叹息。

我在白莲洞口的一侧，看到了古人类生活过的遗址，那是尖锐的人齿化石、像年轮一般的灰烬残骸，以及光滑的打制石器片段……最使人感到亲切的是，在未燃尽的篝火四周，有一片遗留的空螺蛳壳。古人也像我们一样爱吃这种美味的小食品……

我站在那里，有轻风像羽毛一般从鬓边刮过。洞口的光亮和背后的蝙蝠的鸣叫使我的思绪忽明忽暗。我想这番景色一定进入过一位祖先的眼帘，他或者她身材矮小但是步履矫健。他们高耸的眉骨像屋檐一样遮挡着南国频发的雨水，深陷的眼窝里闪动着褐色的坚毅……他们一定有过恐惧也一定有过欢欣，他们一定也曾希冀也曾懊丧。他们一定痛恨过蝙蝠却又驱逐不去，他们一定喜欢过太阳却又无法将它摘下来保存。他们一定在吃螺蛳的时候不断开动脑筋，才有了今日街上脍炙人口的螺蛳粉。他们一定代代口耳相传，才编织成白莲洞的美丽传说……他们一定在猎杀的劳累后思索过明天的衣食，他们一定在饥饿的痛苦中幻想过无忧无虑的享受，他们一定面对骤逝的同伴惊叹生命的无常，他们一定眺望苍茫的旷野意识到宇宙的永恒……

突然感到刮骨疗毒般的震颤——我到过这个洞穴，我曾在这里生活。

我站立过我此刻站立的这块石头，我呼吸过这种略带清甜的气息，我看到了亿万年前我留下的透明的脚印，我像看幻灯似的追踪着以往走过的痕迹。

我曾做过树我曾做过鸟。我曾做过金色的麦穗和蓝色的矢车菊。我做过乌云铁青色的边缘，我做过鲤鱼水泡似的眼睛……在巨大的循环中，古迈的柳江人的问号，始终像闪亮的金属，沉淀在物质的原子核里，围绕着星群盘旋。

我们每一个人，不过是生命链条中精致的小环。我们的利益已经极大地丰富，我们的思索像钻头似的开凿着世界之谜，比起遥远的古人，究竟又深入了多少？

我沉默着，觉得自己是一只小船，从遥远的洪荒驶来，把树叶一样的繁多的疑问，一代代传下去。

后面的同伴跟了过来，他们说：这里是多么美丽的风景，可以办一处洞穴旅馆，请人们来穴居，尝尝一百万年前旧石器时代做人的滋味。

我抱着双肩，望着远山，什么话也没有说。一百万年以前，我们是什么？那时候的天空一定比现在要清爽得多，像刚刚磕出的蛋清。我们已经比当年的柳江人多知晓了许多事情，但昔日袭击过他们的苦恼，依然像蚕茧将我们包绕。他们憧憬过的一切已凝固在头骨化石中，成为永恒的密码。我们只有敲敲自己的头颅，听它发出钟乳石一般激越的响声。但人类思辨的浪花永不会停息，它们会溅湿每一颗睿智的额头……

终于有一天，我们也将成为化石，唯有精神的财富驾着翅膀在洞穴中穿行。

○丹麦的
独腿锡兵

Wan
An

　　安徒生童话里，我喜欢《卖火柴的小女孩》，喜欢《海的女儿》，最喜欢的是《坚定的锡兵》。有的人把这篇童话的名字翻译成《坚强的锡兵》。相较之下，我还是更偏向"坚定"二字，那种对爱情奋不顾身的投入，还有死心塌地的一厢情愿，让人感叹。

　　童话里的锡兵只有一条腿，真不知道他是如何通过了当兵的体检，成了一名肩扛毛瑟枪的勇士。书里给了我们一个解释，说是这个锡兵是最后一个被生产出来的，原材料不够用了，所以只有一条腿。按照这个解释，锡兵就是先天性残疾了。锡兵历经种种磨难，从未改变对一位纸做的"小舞蹈家"的爱情，直到最后在火中凝结为一颗锡做的心。

当年读这篇童话的时候，就萌生了一个小小的愿望——得到一个小小的锡兵。那时候想得简单，以为既然是个著名的童话人物，就该到处有得卖，就像如今的唐老鸭米老鼠。屡屡搜索未果，才明白这锡兵是个小人物，并不芳草天涯。看来，要找锡兵，只有到他的老家丹麦了。

到了丹麦，先去看的是海的女儿塑像。雕像矗立在哥本哈根海滨公园的浅海处，身高一点二五米。注意啊，不是说美丽的美人鱼身高只有这么矮小，而是因为她取了一个屈腿侧身的坐姿。如果站起来，就是个高大的美女。再提供一个数字：据说塑像的体重是一百七十五千克，今年已经有九十三岁了。

九十三岁的小美人鱼，丝毫不改婀娜多姿的体态，青铜色的"她"坐在一块礁石上，容颜清丽，美丽的发辫垂在腰间，在身后紧贴礁石处，有一条仿佛还滴着水珠的鱼尾。美人鱼周围能容人站立的地方很狭窄，礁石上又覆满了青苔，又湿又滑，稍不小心就会跌入海水，让你来个不情愿的海水浴。我们很规矩地排着队，依次跳上岩石，迎着光照相。噼噼啪啪乱响了一阵之后，突然有人说，这样照法，美人鱼最重要的部分就丢了。

照过的人吓了一跳，马上反驳说，你看，海水啊蓝天啊美人鱼啊，还有我啊，都照上了，什么都不缺的，肯定没丢掉任何东西。没照过的人就停下了上苔藓的脚步，眼巴巴地等候着下文，以防自己辛辛苦苦地蹦跳过去，反倒做了无用功。

发难的那位说，美人鱼啊美人鱼，你们只照了美人没有照上鱼。正面好取景，好看是没的说，可惜没有尾巴。没有尾巴的美人鱼，人家还以为是一尊普通的欧洲少女像呢！

呵呵，尾巴！是的，美人鱼最重要的身份证就是她的尾巴。尾巴里藏着她全部的秘密和痛苦，当然，也有奉献和快乐。

于是大家重新来过。

听说这座美人鱼雕像，早已不是丹麦雕塑家爱德华的原作。美人鱼曾多次遭到破坏，身首异处。政府为防悲剧重演，现在用的是仿制品，原作早被国家博物馆收藏。

听说每年有超过一百万的游客和美人鱼合影，有的游客还爬到美人鱼的身上，做出不雅的动作。政府准备把美人鱼的塑像搬到深海去，这样游客们只能远远地眺望美人鱼的身姿，呆呆地面朝大海，从海风的呼啸中，去想象美人鱼所经受过的刺骨寒冷的锥心痛苦和致命浪漫。

记得小时候给孩子们讲《海的女儿》，孩子对坚贞的爱情似乎不大能体察，只是为美人鱼不能说话而万分苦恼。孩子问，美人鱼没上过学吗？

我说，这和上学有什么关系呢？

孩子说，就算美人鱼嗓子哑了说不出话来，可以写一个字条给王子啊，王子一看不是全都明白了？

我张口结舌，只好说，海底是没有学校的。

孩子穷追不舍，说，那她爸爸可以教她啊。她爸爸不是国王吗？国王肯定会写字的，要不怎么能当国王？

我急中生智，总算想到了一个解释，我说海底王国和人间使用的不是同一种文字，是外语。就算是美人鱼给王子写了纸条，王子也不认识……

惊出了一身汗，才把这段公案应对过去。想想看，如果至善至美的小美人鱼都可以是文盲，早就厌学的孩子们，一定更多了理由和狡辩。

看完了海的女儿，就该去看她爸爸的雕像了。美人鱼的爸爸不是海底的国王，而是丹麦伟大的文学家安徒生。

丹麦到处都有安徒生的雕像，我最喜欢的是哥本哈根市政厅南侧那尊青铜像。早知道安徒生相貌不佳，做好了看到一张难看的脸的准备，但这座塑像一点都不丑。晚年的安徒生表情安详，头戴一顶18世纪流行的绅士高筒礼帽，拄着一根手杖，有一种若隐若现的沉思和羞怯，据说这是按照1875年安徒生七十岁时的样子设计的。游客们纷纷爬上台阶，和铜制的安徒生合影。因为塑像高大，一般的人站在那里，只能到达安徒生的腰际。据说摸到"安徒生"的手、膝盖或是裤脚和鞋子，都可以沾到大师的灵气。常常被游客汗手所摩挲的地方，油亮而紫红，好像这些部位镶上了红色的补丁。

这位把童话作为献给全世界儿童最好礼物的大师，自己始终不曾有过孩子，几度情场失意。十五岁那年他来到哥本哈根，一生中的大部分时光都是在哥本哈根度过的。

看完了塑像之后，就是寻找安徒生的故居。据说安徒生在哥本哈根住过不下二十个地方，现在只把一部分开辟出来供游人参观，最具盛名的是在新港。

新港其实并不新了，早在1673年，当时的丹麦国王哈丁古斯二世为了实现"要让哥本哈根成为跟世界做贸易的城市"的诺言，下令开凿运河将朗厄里尼海的水引进哥本哈根。而在丹麦语中，哥本哈根就是"商人的港口"或者"贸易港"的意思。只是哈丁古斯二世国王并没能想到他的这一纯粹的为了发展经济而进行的开凿，最终却成就了哥本哈根这座城市的诗情以及安徒生的那些充满了幽默和幻想的童话。

新港狭长的港湾里停满了五颜六色的游艇和帆船，樯桅林立帆影摇曳。运河两岸伫立着当年码头工人以及琥珀商人和海员们居住的房子，每栋房屋的颜色都不相同，亮蓝、粉红、金黄、春草绿……在夕阳的余晖里，这些已有几百年历史的五颜六色的老房子不可思议的年轻。街边是一排排支着太阳伞、座无虚席的露天酒吧，游人鼎沸。

坐在运河边长长的木头上，听着优雅的爵士乐，看穿梭在运河里的游船，一下子分不清到底是在21世纪还是在19世纪。据说因为施行严格的保护措施，这里的建筑和两百年前没有丝毫区别。

这条街是安徒生的心灵栖息地。在街的路口有一尊安徒生雕像，雕像的铭牌上记载着安徒生曾分别于1834年至1838年间以及1848年和1875年相继在这条街的20号、67号和18号居住并写作。在这里，他得到过戏剧家、诗人、贵族乃至国王的帮助和垂青，渐渐声名鹊起。只是不巧，20号故居正在修整，我们无法入内参观。在门口和林立的脚手架合影之后，我不停地向对岸眺望。我在寻找房屋与房屋连接的拐角处，我记得在《卖火柴的小女孩》中，那个可怜的小女孩冻饿交加，就是在一处房角划完了她所有的火柴。我想安徒生写作这篇童话的时候，一定想起了窗外的这些楼房。他坐在窗前，倾听着运河上叽叽鸣响的木帆船的摇橹声，看着河边酒吧里扯着嗓子不停地举着酒瓶子正在寻欢作乐的海员，想象着一把火柴像火炬一样燃烧……

在丹麦的街头徜徉，我还是念念不忘那个独腿锡兵。

我向导游述说心愿，问在哪里可以买到一个锡兵。导游说，克伦古堡。从此心中一直默念克伦古堡……克伦古堡……好像小孩子买酱油醋，在走向商店的路上不停地嘟嘟囔囔，生怕忘却。

克伦古堡，位于哥本哈根北面海滨，建筑在岩石上，半截身子探进海中。几百年来，它一直是守卫哥本哈根的要塞，至今还保留着当时的炮台和兵器。

克伦古堡位于丹麦与瑞典之间最狭窄的海域，扼住了波罗的海的入口处，名字的意思是——皇冠之堡。这个古堡不仅因为战略地位重要而闻名，更因为它是莎士比亚名剧《王子复仇记》的发生地。历史上真实的"王子复仇记"，是丹麦内陆的故事，莎翁玩了个"乾坤大挪移"，将它搬到了这里。

为什么要移花接木？因为当年的克伦古堡之豪华雄冠北欧。早在15世纪，当时统治全北欧（包括丹麦、瑞典、挪威、芬兰和冰岛的"斯堪的纳维亚联合王国"）的丹麦国王艾力克便看中了赫尔辛格这个极具战略性的瓶颈地带，在此筑堡，向来往北海和波罗的海的商船征税，收取买路钱，约略等同于现今的高速公路收费站。北欧的海上贸易非常活跃，艾力克和他的继承人财源滚滚而来。赫尔辛格遂从一座渔村一跃成为名震欧洲的海港重镇。后来，丹麦国王费德力克二世娶了年仅十五岁的表妹苏菲。为了给新王后提供一个舒适的居住环境，国王斥资把阴森湿冷的中世纪式样的克伦堡，改建成文艺复兴式的豪华行宫。2000年，克伦堡被联合国教科文组织列入世界古迹名单中。

然而，走进城堡，感受到主体风格依然是阴暗和压抑的，虽然屋外阳光灿烂。跟着导游，可在古堡的四翼参观丹麦王族当年的会客厅、起居室、寝室等等，看到皇室名贵的家具、摆设、日用品和餐具。古堡的庭院里还有一座精致的小教堂，以供王室成员之用。

　　比较振奋而有生气的是武士大厅，据说当年是费德力克国王为了讨好酷爱跳交际舞的苏菲而建造的舞厅。全长六十三米，为当时全欧洲最长的大厅，金碧辉煌，极负盛名。就是今天看起来，也还有不可一世的奢华之气。

　　堡内除了大厅宽阔之外，到处都很幽暗，的确是发生幽怨故事和血腥政变的好地方。

　　导游特别提示要留意墙上的七张挂毯。初看起来，这些挂毯除了规模较大之外，并没有非常特别的地方。可是中国人对"大"，是有很强免疫力的，单凭体积来讲，还不足让我们惊奇。挂毯的主色调是咖啡色的，不知是因为年代久远褪了色还是皇室就喜欢如此黯淡的风格。在一派昏暗之中，在任何角度都可以看到丝毯中的某些部分在闪闪发光。据说这是金线的光芒，它们是用真正的纯金丝编织而成。

　　丝毯的主题基本上是人物，为丹麦历代国王和王室成员。当年无数人工不停劳作了整整四年，一共编织出了四十三张丝毯，每张的面积都是十二平方米（3×4）。这些价值连城的挂毯，只有十四张保存至今——哥本哈根的国立博物馆和克伦堡各藏一半。

　　在《王子复仇记》里，有一段弄臣波洛涅斯躲在"帘"后，结果被哈姆雷特误杀的情节。有学者猜测，莎翁所说的"帘子"，其实指的就是这种挂毯。听到了这个说法，再看那些黯淡的挂毯，就有些悚然。

克伦堡因莎士比亚而得大名，但只在城堡的外围，有一尊小小的莎士比亚像，令人有些费解。如果没有莎士比亚，没有《王子复仇记》，克伦城堡能有今天这样显赫的声名吗？查了一下资料，在世界十大著名古堡中，克伦城堡并未列在其中。如今在人们的心里，它毫不逊色地跻身于世界上最著名的城堡之列，恐怕不是因为并不算很大的武士大厅，也不是因为那些容颜沧桑的挂毯，而是因为一位作家的一支笔。

好在每年8月间，克伦堡都会举行与莎士比亚相关的一系列活动。听说从20世纪初起便几乎年年举行《王子复仇记》的公演；许多著名的影剧演员如罗伦斯·奥利华、费雯丽和肯尼夫·布莱纳等，都曾在这里演出过。克伦堡里，有他们演出的巨幅剧照，很多游人在此合影。

在克伦城堡，可以远眺4千米外的瑞典小镇海兴堡。有段城墙很像哈姆雷特徘徊叩问的场景，不知他是不是在这里看到了鬼魂？这样一想，纵然是在烈日下，也生出阵阵寒意。今天丹麦和瑞典很友好，渡轮码头都不设海关，人们可自由来往。但在15世纪至17世纪之间，两国为了争夺波罗的海巨额利益的霸权，锲而不舍地打了两百年仗。最残酷的海上战场，就在这里。

听导游说，莎士比亚自己也演过《王子复仇记》。我们忙问他莎翁扮演的是谁。导游说，猜猜看？有人猜是哈姆雷特，有人说估计莎翁没有那样高大英俊，可能演的是弑兄霸嫂的叔叔，还有人说他不会男扮女装演了美女或是皇后吧？看大家猜得辛苦，导游索性解开谜底：莎翁在戏中演的是鬼魂。

大家就笑起来，城墙就不恐怖了。

到现在为止，我还没有买到锡兵，甚至连一个锡兵的影子也没见到，不由得暗暗焦急。导游让大家自由活动，对我说，你跟我走吧。

下窄窄的楼梯，台阶之险峻，估计在数百年的历史里，一定把若干宫女摔得鼻青脸肿。好不容易走到一处旅游商品销售点，推开门一看，我不由得欢呼起来。

无数的锡兵列队站在玻璃橱窗中，个个雄赳赳气昂昂，好像在接受检阅。导游说，你挑吧。然后放下我，回去照顾大家。

这些锡兵都是朴实无华的金属色，仿佛暴雨前厚重的阴云。大的有一拳高，小的只有一厘米。戴着头盔，长满络腮胡子，目光炯炯。虽然形态不一，但每一个都精神饱满，荷枪实弹，随时准备上战场的架势。

我说，我要一个锡兵。

售货大妈（真的不能称为小姐，足有五十岁了）拿出一个手持盾牌的锡兵，那张盾牌上刻着海扇贝的族徽图案，很是骁勇。

我摇头说，No。

她又拿出了一个锡兵，这个锡兵没有拿盾牌，改成了一柄长剑，寒光凛凛。

导游已经走了，语言不通，我用手势比画着告知她，也不是这个。

大妈脾气不错，思忖起来。我指指锡兵的武器，然后做了一个射击的动作。她看懂了，拿出了第三个锡兵。

这次对了。这个锡兵不是戳着盾牌，也不是舞着长剑，而是提了一支枪。

可惜的是，这不是毛瑟枪，而是一支花里胡哨的短枪。

毛瑟枪是德国人毛瑟发明的一种长枪，在安徒生那个时代，一种新鲜兵器，类乎今天的手提式导弹吧？安徒生发给锡兵一支毛瑟枪，除了他紧跟世界潮流之外，也说明安徒生实在是很喜爱锡兵，给他装备了最先进的杀伤性武器。

大妈再次思忖，我拼命比画，夸张地表现着枪支的长度，简直快把毛瑟枪形容成了大炮。大妈心领神会，终于从锡兵阵营中，拎出了一个肩扛长枪的锡兵。

哈哈，终于大功告成了。这就是那个坚定的锡兵，扛着毛瑟枪，等待着他如火如荼的爱情。

大妈也很高兴，拿出一个精致的小盒子，要把锡兵打包。这时我突然发现了致命的错误——这个锡兵是健全的！也就是说，他的两条腿都完好无缺！这个锡兵——不是那个锡兵！

我急忙阻止了大妈的进一步包装，急赤白脸地说，我要一条腿的锡兵！

看着她茫然的神色，我知道她完全猜不透我的意思了。我急中生智，来了个金鸡独立。把自己的一条腿尽量地藏起来，晃晃悠悠地站在那里。以我的老胳膊老腿，完成这个动作并不轻松，踉踉跄跄几乎跌倒。

大妈终于恍然大悟，口中发出呜呜的声音，表示她完全明白了我的要求。我以为这一次大功告成了，但老人家拿出来的还是零件周全的锡兵，嘴里还不停地说着什么，脚下还摆动着。

可惜我听不懂，也不知道再如何表演才能得到独腿锡兵。正在百般为难之际，导游来找我，这才听懂了大妈的告白。原来游人们都喜欢买一条腿的锡兵，店里刚好断档了，最快也要几天后才能供货。目前，只能向我提供两条腿的锡兵。

怎么办呢？好失望啊。要么，就永远留下这个遗憾，让那个一条腿的锡兵活在记忆中。要么，就买下肢体健全的锡兵。

大妈冲着导游说着什么，导游却不忙着翻给我，频频点头。我问导游，她在说什么？

导游说，她还在推销两条腿的锡兵。

我说，她具体说了些什么呢？

导游说，她说，真正的一条腿的锡兵其实并没有完成他的爱情理想，还在进行中。完成了爱情的锡兵，已经不存在了，和他心爱的人一道化成了一颗锡心。在人们心里，他就是个健全的锡兵。

我不知道这是不是一个非常成功的推销词，总而言之我被它打动。是的，一条腿的锡兵，只是他刚刚被制造出来时的模样，之后他就面目全非了。锡兵最完美的时刻在他融化的瞬间。

我最后买下了一个手脚健全的锡兵，肩扛着毛瑟枪。他是那锡勺子做成的二十四个完整的锡兵中的一员，我猜想在他的心中，一定怀念着那个同根生的兄弟，虽然他已经变成了一颗小小的锡心。

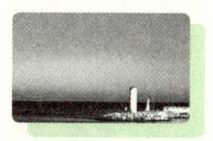

　　"衰老很重要的标志，就是求稳怕变。所以，你想保持年轻吗？你希望自己有活力吗？你期待着清晨能在新生活的憧憬中醒来吗？有一个好办法——每天都冒一点险。"

　　以上这段话，见于一本国外的心理学小册子，像给某种青春大力丸做广告。本待一笑了之，但结尾的那句话吸引了我——每天都冒一点险。

　　"险"有灾难狠毒之意。如果把它比成一种处境一种状态，你说是现代人碰到它的时候多呢，还是古代甚至原始时代碰到的多呢？粗粗一想，好像是古代多吧。茹毛饮血刀耕火种时，危机四伏。细一想，不一定。那时的险多属自然灾害，虽然凶残，但比较单纯。到了现代，天然险这种东西，也跟热带雨林似的，快速稀少，人工险增多，险种也丰富多了。

以前可能被老虎毒蛇害掉，如今是被坠机、车祸、失业、污染所伤。以前是躲避危险，现代人多了越是艰险越向前的嗜好。住在城市里，反倒因为无险可冒而焦虑不安。一些商家，就制出"险"来售卖，明码标价。比如"蹦极"这事，实在挺惊险的，要花不少钱，算高消费了，且不是人人享用得了的，像我等体重超标，一旦那绳索不够结实，就不是冒一点险，而是从此再也用不着冒险了。

穷人的险多呢还是富人的险多？粗一想，肯定是穷人的险多，毕竟环境恶劣的工作多是穷人在操作。但富人钱多了，去买险来冒，比如投资或是赌博，输了跳楼饮弹，也扩大了风险的范畴，就不好说谁的险更多一些了。看来，险可以分大小，却是不宜分穷富的。

险是不是可以分好坏呢？什么是好的冒险呢？带来客观的利益吗？对人类的发展有潜在的好处吗？坏的冒险又是什么呢？损人利己夺命天涯？嗨！说远了。我等凡人，还是回归到普通的日常小险上来吧。

每天都冒一点险，让人不由自主地兴奋和跃跃欲试，有一种新鲜的挑战性。我给自己立下的冒险范畴是：以前没干过的事，试一试。当然了，以不犯错为前提。以前没吃过的东西尝一尝，条件是不能太贵，且非国家保护动物（有点自作多情。不出大价钱，吃到的定是平常物）。

可惜因眼下在北师大读书，冒险的半径范围较有限。清晨等车时，悲哀地想到，"险"像金戒指，招摇而靡费。比如到西藏，可算是大众认可的冒险之举，走一趟，费用可观。又一想，早年我去那儿，一文没花，还给每月6元的津贴，因是女兵，还外加7角5分钱的卫生费，真是占了大便宜。

车来了。在车门下挤得东倒西歪之时，突然想起另一路公共汽车，也可转乘到校，只是我从来不曾试过这种走法，今天就冒一次险吧。于是扭身退出，放弃这路车，换了一趟新路线。七绕八拐，挤得更甚，费时更多，气喘吁吁地在差一分钟就迟到的当儿，撞进了教室。

不悔。改变让我有了口渴般的紧迫感。一路连颠带跑的，心跳增速，碰了人不停地说对不起，嘴巴也多张合了若干次。

今天的冒险任务算是完成了。变换上学的路线，是一种物美价廉的冒险方式，但我决定仅用这一次，原因是无趣。

第二天冒险生涯的尝试是在饭桌上。平常三五同学合伙吃午饭，AA制，各点一菜，盘子们汇聚一堂，其乐融融。我通常点鱼香肉丝、辣子鸡丁类，被同学们讥为"全中国的乡镇干部都是这种吃法"。这天凭着巧舌如簧的菜单，要了一盘"柳芽迎春"，端上来一看，是柳树叶炒鸡蛋。叶脉宽得如同观音净瓶里洒水的树枝，还叫柳芽，真够谦虚了。好在碟中绿黄杂糅，略带苦气，味道尚好。

第三天的冒险颇费思索。最后决定穿一件宝石蓝色的连衣裙去上课。要说这算什么冒险啊，也不是樱桃红或是帝王黄色，蓝色老少咸宜，有什么穿不出去的？怕的是这连衣裙有一条黑色的领带，好似起锚的水兵。

衣服是朋友所送，始终不敢穿的症结正因领带。它是活扣，可以解下。为了实践冒险计划，拼足了勇气，我打着领带去远航。浑身的不自在啊，好像满街的人都在议论，仿佛在说：这位大妈是不是有毛病啊，把礼仪小姐的职业装穿出来了？极想躲进路边公厕，一把揪下领带，然后气定神闲地走出来。为了自己的冒险计划，咬着牙坚持了下来。走进教室的时候，同学友好地喝彩。老师说，哦，毕淑敏，这是我自认识你以来，你穿的最美丽的一件衣裳。

三天过后，检点冒险生涯，感觉自己的胆子比以往大了点。有很多的束缚，不在他人手里，而在自己心中。别人看来微不足道的一件事，在本人，也许已构成了茧鞘般的裹胁。突破是一个过程，首先经历心智的拘禁，继之是行动的惶惑，最后是成功的喜悦。

○ 旅游预习

　　旅游常常被复习。比如眉飞色舞地向亲朋好友讲述风光，比如把自己所摄的摇摇晃晃的看着都头晕的DV向人演示，比如家里贮藏着数以千克计的照片，比如忙不迭地指着电视屏幕一闪即逝的某处胜景，说：我去过……但是，旅游需不需要预习呢？要到一个地方去，是否事先多了解一些当地的风俗风光，向已经去过的先驱者打探有关的注意事项——

　　旅游需不需要做预习，大概分为两派。一派是主张多看看有关的材料，这样心中有数，到了目的地，可以有的放矢，让有限的时间发挥最大的效益，自己的举手投足，甚至每一眼瞟去的地方，都物有所值，把浪费的系数减少到最小，分分秒秒颗粒归仓。

还有一派比较随心所欲，不做功课，贸然出动。赶上什么算什么，风吹雨打都是缘分。碰上什么吃什么，风餐露宿全为乐趣。闲云野鹤自由自在，流浪漂泊，到什么山上唱什么歌……只有大框架，没有细安排。

我内心渴望旅行中有很多奇怪的事情发生，不喜欢一切都在计划的桎梏中亦步亦趋，同时又害怕意外频发命运多舛。这就立场游移界限不清，时而循规蹈矩按图索骥，时而又摩拳擦掌尝试探险，于是成了面目可憎的骑墙派。

具体到细节中，也是这般举棋不定。到某地出游之前，看不看别人的游记和有关的介绍呢？如果不看，瞎子摸象地出发了，回来才发现有一些美景失之交臂。比如到西伯利亚的贝加尔湖，看到当地很多售卖海豹海狗的小模型，模样煞是可爱，心中喜欢，却想这也不是当地的特产，不过是因为靠近北冰洋（贝加尔湖只有一条出湖的河流，叫安加拉河，流入北冰洋），仗着地理优势，把那里的特产顺手牵羊了。"看透"了这些海物的真实来历，狠下心来，坚决不买。回家后查了资料才知道，这些动物正是贝加尔湖的一大特色，或者说是一大蹊跷。它们是生活在贝加尔湖中的淡水海狗海豹，天下绝无仅有的景致。甚至有传说揣测，在永冻土层之下，贝加尔湖和北冰洋孔道相连。淡水的海狗和海豹是史前时期，经由地下从北极游过来的。

失之交臂，郁闷啊郁闷！看，这都是不预习的坏处。

也有反面的例子。上个世纪80年代，我到西北。

当地朋友说，明天去看阳关。

就是那个"西出阳关无故人"的阳关吗？我问。

难道还有第二个阳关吗？朋友翻着眼白问，很吃惊的样子。

当然没有第二个阳关了。只要会背十首唐诗，你就会对阳关情有所钟耿耿于怀。那时资讯不发达，没有互联网也没有电视，所有关于阳关的印象都来自唐朝。我说，阳关好看吗？接待同志说，说不得啊说不得。我说为什么？当地人答，说了就没啥了。本来以为问问能明白，不想下场是更糊涂了。

第二天，驱车80千米到了阳关。在看到阳关的那一刹那，我就明白了阳关是不可说的。站在阳关前，目光凄迷。那道景致的全名叫"阳关遁去"，昔日的喝酒的离别的繁华的歌舞升平灯红酒绿的阳关，已经在莽莽黄沙下长眠。细密的沙被漠风运起，如同下雨前的蚁群掠过脚踝，留下酥麻的热感和浅淡的痛。云天浩渺大漠苍苍，你看到的只是荒丘和沙海，还有呼啸的长风和走动的烟霞。

幸好，我在这之前不知道阳关的任何现代版消息，才有了那劈头盖脸的愕然和惊骇，才有了那挥之不去的愁索与眷恋。假如被人提前告知了阳关的隐没，以我这样一个怕苦怕累之徒，是否还会跋涉百里去探看身无长物一贫如洗的阳关？

很多风光都在记忆中淡去，唯有什么都没有看见的阳关，却以无尽的遗憾和萧飒在情窦中永生。这也许就是不可言说的万千惆怅吧？

从此，我固执地记取了这个经验，对那些充满了想象的地方，有意地不去查找资料，就让它们在想象中浮沉，享有海阔天空的余量。倘若有什么人好心好意地要告知我，我会迫不及待地捂他的嘴，像一个不想直接听到足球比赛结果的球迷。请让我自己去看吧，知道的愈少愈好。

快到挪威边界了，导游莉雅说，可以买一些山妖带回国。我问山妖是什么，莉雅说，你马上就能见到了。进得店中，一眼瞥见成千上万个怪模怪样的玩具，简直像进了妖魔花果山。

北欧人喜爱的神话人物"TROLL"，俗称山妖。长相实在不敢恭维，蓬头散发，青面獠牙；个子都很矮，红蒜鼻头，尖耳朵，大肚皮，牙齿参差不齐，手指和脚趾都只有8个，头上长着青苔和树木，甚至还会长出一些小山妖；有的两个头，有的三个头，有的脸上只有一只眼睛；全身披满破烂的长毛，有一根像牛一样的尾巴；最惊人的是比大象还长的鼻子，据说是熬粥时用来当搅勺用的。

　　我问莉雅，山妖这么难看，一定也很凶恶。莉雅说，山妖虽丑陋，但心地很善良；天性活泼，常受到小孩愚弄，智商好像不大高；有时也会搞出些恶作剧，谁要是得罪了山妖，它就会报复或戏弄你；如果和山妖和睦相处，就会得到善报。

　　山妖也有软肋，就是昼伏夜出。它们如果贪玩忘了在天亮前躲起来，将被阳光化为空气或山石。山妖精于手艺，能制各种武器和家庭用品，但在这些物品上面都刻有咒符，人们若错用它们的家什，会遭遇变故。

　　说了这么半天，你是否能想象出山妖的模样？如果还感觉困难，我就给你打个比方。这个比方没有向专家求证过，如果错了，责任自负。我觉得白雪公主中的七个小矮人，就是山妖一族。它们居住在密林中，有自己的锅碗瓢勺和小床，不喜欢外人的闯入和打扰，但是心地善良，乐于助人。这些岂不是暗合了山妖的秉性？

　　据说山妖是挪威最早的原住民。它们有家庭，分部落，甚至还有自己的国王。森林小湖的山妖叫"纳啃"。居住在瀑布和磨坊的山妖多才多艺，擅长拉小提琴，名叫"弗色格里门"即"丑陋的瀑布人"，这个山妖还是个教授，听说一个挪威小提琴家曾拜师门下。一般的山妖身材矮小，但在北方的海里，有一种叫"德捞根"的庞大山妖，十分恐怖。山妖安贫乐道，柴堆、菜园、仓库、马厩和牛棚都被认为是适宜栖息的地方。

在哈丁格高原，我们的汽车穿行于白雪皑皑的山峰，地面上蹲踞着乱石，这些都是山妖的化身吧？山路旁，错错落落地插了些粉红色的小球，据说这是当地百姓供给山妖的玩具。

传说山妖很喜欢喝粥，长鼻子可当搅拌器用。我和山妖有同感，是喝粥爱好者，只不过对以鼻当搅勺略有微词——如果感冒了涕泪交加，恐不相宜。估计山妖是半人半神之体，并不罹患寻常的病痛。

山妖也有很多法力，可以化成美女，如同聊斋中的狐狸精，引诱年轻的男子进山。它们也会有破绽，如果你去北欧旅游，在人烟稀少的地方碰到曼妙姑娘，一定要留意她身后是否有毛茸茸的尾巴。进山的女子也不可大意，有些雄山妖也会劫持漂亮的姑娘进山洞，从此音讯渺茫。

挪威戏剧大师易卜生的名作《彼尔·金特》里，便有主人公培尔遭山妖戏弄的场景——培尔无意闯入山妖的洞窟，因拒绝与妖女成婚，遭众妖凌辱与折磨，差点丧命，幸而传来黎明的钟声，妖魔才星散而去。

山妖也不是铁板一块，而是分成三六九等。它们生性慵懒，但循规蹈矩；它们反应木讷，但天真善良；它们离群索居，偏又呼朋唤友；它们远离人，又和人有着千丝万缕的联系……山妖是名副其实的草根阶层，故而受到百姓们的广泛喜爱。

据专家考证，挪威利勒哈默尔市区北边的山妖自然公园，是山妖的家乡，而在举世闻名的盖伦格峡湾，还有令人毛骨悚然的"山妖的阶梯"。

很喜欢"山妖的阶梯"这个词，缠着莉雅问可否一看。莉雅说那就是极险的悬崖公路，位于鲁姆斯达尔山谷，一弯又一弯，近乎垂直地从山顶盘旋而下。12道山弯像是一条极细的铂金白链"挂"在山间。因正在维修，我们无法抵达。看我失望，她说，今天的山路其状之险，也约等于"山妖的阶梯"了。

莉雅所言不虚。山路狭窄雪峰林立，以我曾在西藏阿里攀山越岭的经验，也不得不惊叹这行程的陡峻。跋涉数小时后登到顶峰，俯瞰峡湾景致。挪威峡湾是被联合国教科文组织列为世界游览者评价第一的旅游之地。清冽似冰的山风把衣衫吹得鼓胀如帆，刀剁斧劈的孤悬绝壁之下，一泓碧蓝的海水，宛若仙境，美到令人晕眩。你会仰天长叹，相信此处绝非常人的居所，只能是山妖出没的属地。

○旅行
使我们谦虚

　　由于工作的关系，常常旅行。旅行比居家的时候辛苦，这是不消说的。中国有句古话——在家千日好，出门一时难，说的就是这份不易。但时间长了，待在家里，筋骨锈了，就会生出一份隐隐的焦灼，迫不及待地想到外面走走。

　　是什么诱惑着我们放弃安宁和舒适，离开温暖的家，在某一个清晨或是深夜，毅然到遥远的他乡去呢？

　　当然，很多时候，是为了谋生，为了无法推卸的责任和理由。但是，随着温饱的解决，我们越来越多自觉自愿地选择了——人在旅途。

　　一次，我应邀到国外访问。在规定的活动完结之后，主人很热情地让我挑选一个完全自由的项目，以便我可以更深入地了解这个国家。我想了想，提笔写："乘坐火车或是长途汽车，在大地上旅行。"主人看了看那张纸说："好，我们很乐意满足您的要求。只是，您的目的地是哪里呢？您究竟要到哪里去呢？"

我说："没有目的地，不到哪里去。坐着车在土地上行走，就是目的，就是一切了。"

我固执地认为，要真正认识一个国家、一个民族、一块土地、一处山水，你必得独自漫游。

旅行使我们谦虚。飞驰的速度，变换的风景，奇异的遭遇，萍逢的客人……这一切旅途中可能发生的事件，强烈地超出了我们已知的范畴，以一种陌生和挑战的姿态，敦促我们警醒，唤起我们的好奇；在我们被琐碎磨损的生命里，张扬起绿色的旗帜；在我们被刻板疲惫的生活中，注入新鲜的活力。

久久的蜗居，易使我们的视野狭小、胸怀逼仄、肌力减弱、肺部扁平……这个时候，收拾好行囊，辞别了亲人，踏上旅途吧！

珍惜旅途吧！火车上那些不眠的夜晚，凭窗而立，看铁轨旁一盏盏路灯，闪着紫蓝色的光芒，倏忽而逝，许多记忆幽灵般地复活了。

人们常常在旅途中猛地想起湮灭许久的往事，忆起许多故人的音容笑貌。旅行好像是一种溶剂，溶化了尘封的盖子，如烟的温情就升腾出来了。

人们常常在旅途中，向相识才几小时的旅伴倾诉衷肠，彼此那样深刻地走入了对方的精神架构。我甚至知道几位青年，竟这样找到了自己的终身伴侣。

有人把这些解释为——旅途使人们亲近，是因为没有利害关系。我不同意这个观点。正是因为同乘一列车、同渡一条船，才使我们如此亲密。旅行使人性中温暖的那些因子弥散开来。

旅途也有困厄和风雨、艰难和险恶。但是，这不会阻止真正的旅行者的脚步。旅行正是以一种充满未知的魅力，激起人们不倦的向往。

○绿色

匹诺曹

Wan
An

　　我从小就很想当兵，最主要的动机是喜欢绿色。小时候，每逢妈妈要给我买衣服，我就大叫，要绿的。妈妈生起气来，说，你也不看看自己，毛衣毛裤围巾手套都是绿色，再套上一件绿外衣，活像一只青蛙！我低头一瞧，说，哪怕就是像只绿豆蝇，我也还要绿衣服。

　　当兵多好啊！从此，可以名正言顺地一年到头穿绿衣服，再也没人说你一句闲话。可那时候要当女兵也挺难的，想当的人太多了，僧多粥少。听说男兵和女兵的比例是一千比二点五，也就是说，征一千名男兵，才要两个半女兵，女兵简直像空气中的惰性气体。身体检查严格极了，差不多和当女飞行员同样标准。幸好我那时身高一百七十厘米，两眼裸视力二点零还有富余，心、肝、脾、肺、肾全像刚从工厂造出来一样合格，属于特等甲级身体，经过了一轮又一轮的淘汰，我终于过五关斩六将，拿到了入伍通知书。

我几乎不相信自己的好运气，连连问妈妈，您说，事情到了这个份儿上，还会有令人悲痛的变化吗？

妈妈说，不会吧。你就把通知书放在枕头底下，安心睡个好觉。

我说，没穿上绿衣服之前，我可放心不下。

妈妈说，要变，你穿上军服还会让你脱下，担心也没有用。解放军应该是说话算话的。

发衣服的时候，穿着五颜六色加长衣服的新兵，排成一队，依次从司务长面前走过。司务长像大商场的成衣售货员，眯起眼睛打量着走过的小伙子和姑娘，大声地说，帽子二号……衣服三号……蹲在一旁的上士，就像老鹰捉小鸡一样，眼疾手快取出相应号码的衣物，把衬衣铺在最下面，其余所有东西都堆在上面，一时间好似平地起了一座绿色的小山，然后麻利地把衬衣的两条袖子抻出来，把它们打个结，怀抱里就塞满了崭新的衣物。领了军衣的人，就快乐地抱着这个绿色的半截人，走进一间密闭的小屋。再走出来的时候，就是一个英姿勃勃的兵了。

好不容易轮到我的时候，司务长目测了一下，自言自语说，这个兵啊，长得不合尺寸。穿一号的小，穿特号的又大……

我赶紧说，您甭为难，我要特号的。

司务长说，咦？女孩子都愿意穿得比较秀气，你这个兵倒奇怪。发给你特号的衣服，到时候裤腿踩到脚底下，窝窝囊囊，一不留神摔个大马趴，可别怪我。

我忙说，不怪不怪，绝不找你。我妈说过，衣服是会缩水的，当然是大点好了。裤腿长了可以裁，要是短了，就得自己找布接，多不合算！

司务长说，看不出来，你小小年纪，还挺会过日子的。好吧，依你，给特号。

我欢天喜地地去换衣服，一试之下，特号衣服果然名不虚传，上衣还凑合，裤子好像是给跳高运动员预备的，腿长无比。我把裤脚挽起来两折，自觉比较利索了，抱着旧衣服正准备从更衣小屋往外走，先换好军衣的一个女孩端详着我说，你像一个打渔的。

我看了她一眼，屋里光线不好，看不清眉眼，只觉得军装好像是特地比量她的身材做的，妥帖极了。我愤愤地说，你的意思是我不像一个兵？

她轻轻笑笑，露出雪白的牙说，你还是像一个兵的，只不过是个邋遢兵。

她的口气很老练，虽然军装同我一样没钉领章，军龄倒好像已有一百年。我没好气地说，兵工厂的人太没有节约观念了，裤子做得这么大，使人穿上像匹诺曹。

她问，匹诺曹是谁？是咱们一块儿当女兵的吗？我叫小如，你叫什么？

我说，你就叫我小毕好了。咱们就甭理那个姓匹的家伙了，反正三言两语也说不清它的来历，还是讨论这条讨厌的裤子吧。我想把它剪掉一截，哪儿有剪刀？

小如说，剪了不好。一剪子下去倒是痛快，以后要是觉得短了，或者你再长个儿了，就没法补救了。不到万不得已，还是别干这一锤子买卖的事。

我不耐烦了，说，你倒是想得蛮周到，可大道理以后慢慢说，现在要解决的问题是，我怎么走出这间房间？

小如笑起来，说，真是个急性子。一条裤子少说要穿一年，可你连这么几分钟时间都不愿意等，活该你像那个姓匹的。

想起木偶匹诺曹的狼狈样，我只好安静下来，听小如的主意。

小如不说话，往外走。我说，你干吗去？

她说，我去找司务长借针线。

我忙拦住说，使不得。

小如说，为什么呢？

我苦着脸说，你不知道，我刚才跟司务长夸了口的，说衣服大了和他没关系，现在你去求他，不是太丢我的面子了嘛！

小如说，你就放心好了。

我竖起耳朵听外面小如和司务长的对话。小如说话的声调带一点乡下口音，但是很甜，好像那种高高地长在地里的玉米秸，清凉而柔韧。她说，司务长，借我一根细细的针、一条长长的线，好吗？

硬邦邦的司务长好像被糖渍过了，声音变得软绵绵，说，针啊，有，只不过又粗又大，你就凑合着使吧，留神别扎了手。只是你要针线干什么？

缝衣服啊。

缝什么衣服？司务长立刻警觉起来。

缝你发给我们的衣服啊。小如很机智地回答。

我发给你们的衣服都是新的，哪里用得着缝？莫不是有什么破损的地方？你拿来，我给你换，然后再找被服厂的人理论。司务长很负责地说。

小如笑笑，说，没那么严重，我只不过是想把衣服改一改。

司务长如临大敌，严肃起来，说，你是新兵，我是老兵，必要的规矩要告诉你。军装是不能任意改的，大家是个统一的整体。

小如不理这一套，说，衣服太肥了，你总不能让我们一甩袖子，就像舞台上唱戏的青衣啊。

司务长嘿嘿笑着说，袖子改得太瘦了，打靶的时候弯不过肘子来，小心吃鸭蛋。

小如说，鸭蛋多了就腌起来啊，腌得蛋黄流红油，就着馒头吃，香死个人！

司务长说不过小如，就把针线交给了小如。小如进了屋，拿过我的裤子，开始飞针走线，一会儿就把裤腿改得熨熨帖帖。我穿上后，举手投足，再不拖泥带水。

我说，小如，谢谢你。

小如说，不必谢，我们乡下的女孩子，从小就要学会使针线，要不长大没人娶你做媳妇。

我说，哎呀呀，像你这样的一手好活计，岂不是说媒的要挤破门！像我这样的，只好像个坏橘子一般，剩在筐里没人要了。

小如说，小声点，这种玩笑还是少开的好。你知道吗？当兵的时候是不准谈恋爱的。

我连忙闭了嘴。要晓得，为穿上这套绿衣服，我是多么费尽心机，哪能稀里糊涂地就叫人打发回家了！

等我们走出密闭的小屋时，司务长看了看我的裤子，叹了口气说，你是特号的身子一号的腿。

我听了怒火中烧，这意思不就是说我身子长腿短吗？哪个女孩子爱听这种话！我恨恨地瞪了他一眼，可惜司务长正瞧着别的地方，对我的愤怒没反应。

不管怎么说，从今天开始，我成为一个真正的兵了。

○ 梅勒妮
的卵子

据媒体报道，加拿大一个7岁的女孩弗拉维患有一种罕见的先天性基因疾病脱纳氏综合征，这种由染色体缺失引发的疾病会破坏患者的卵子生成。为帮助女儿将来生儿育女，38岁的母亲梅勒妮捐出自己的21个卵子保存在液体氮气中，以供将来和女儿弗拉维的丈夫的精子结合，通过人工授精孕育出孩子。7月3日，在法国里昂举行的欧洲生殖与胚胎学会年会上，加拿大维多利亚皇家医院麦克吉尔生殖中心公布了首例母亲为女儿捐赠卵子的医疗细节。

这项计划自曝光以来，一直产生激烈的伦理争议。当天的会上，生殖伦理组织的一名成员认为，梅勒妮没有充分考虑将来出生的婴儿面临的伦理困境。因为就生物学意义而言，弗拉维生下的婴儿将是她"同母异父"的弟弟或妹妹，而梅勒妮虽是婴儿的外婆，但还是事实上的母亲。

梅勒妮表示："我只是在尽可能地帮助我的孩子，给她任何所需要的东西，如果需要我捐出一个肾，我也将毫不犹豫。因为年纪的原因，我不得不现在捐献卵子。我将把孩子看成自己的外孙，弗拉维会照料孩子，将是孩子真正的母亲。"她同时表示，弗拉维将决定是否采用这些卵子，"我只是给她提供一个选择，如果她愿意，她可以采用别人的卵子"。

我可以理解梅勒妮的选择。她因为自己的女儿患有脱纳氏综合征而满怀内疚，她要尽自己的力量帮助女儿，甚至不惜把自己的卵子冷冻起来，以备将来女儿需要做母亲的时候，多一个选择。她甚至说出了"如果需要我捐出一个肾，我也将毫不犹豫"这样的话，让人们为母爱的执拗而感叹。

但是，一个卵子和一个肾毕竟有着本质的不同。从梅勒妮的口气里看，好像一个肾比一个卵子更重要，可能是因为捐献出一个肾，身体所受的损伤比捐献卵子要大得多。但从生命伦理学的角度上来说，卵子和肾的意义是不同的。肾脏是无知无觉的，但卵子关乎构建另外一个生命的开端。那个生命将成为有独立人格的个体，他会追问"我从哪里来"这样的终极问题。不知道梅勒妮是否想到，既然她的亲生女儿会患这种先天性的染色体疾病，那么她本人的卵子病不一定是完全健康的。退一万步讲，即使是完全正常的，弗拉维接受了这个卵子并成功孕育，弗拉维将如何面对这样一个同母异父的"孩子兼弟（妹）"？即使弗拉维可以面对这个事实，她将来的丈夫是否可以接受这样一个婴孩？纵然他们都可以过关，那么这个孩子长大得知真相后，是否可以安然维持内心的平衡？

未知数太多了。医学固然可以在技术层面把一个卵子保存几十年，但我相信，无论是梅勒妮还是参与这一活动的医生们，都无法清楚地回答以后的问题。在关乎生命伦理的问题上，如果你没有想清楚，请不要贸然进入危险的领域，因为这绝不仅仅是技术的问题，它已经进入了造物主的范畴。

对于参与这一操作的医生们，很想问他们一个问题：假如有一对富有的夫妇，出了足够的金钱，要求把他们的精子和卵子分别冷冻起来，100年后再交配生出一个婴孩，所有的抚养费富翁家事先都储备好了，并指定了基金会负责。试问，有人愿意接受这项工作吗？

我想，一定有医生跃跃欲试。100年，这将挑战所有现代医术的极限啊！

但是，人类社会会接受这个愿望吗？对于一门深入生命过程以内的科学，医生们应该格外冷静和慎重。尽一切努力把自己的基因遗传下去，是动物的本能。这就使我虽然能够理解梅勒妮和医生们的想法，但仍认为这是一种更高形式的自私。付出比较小的代价，得到自己的内心安宁，却全然不顾这个事件将对他人发生的未知影响，这就是对整个人类社会的不负责任。

○寻觅

危险

　　在心理学家马斯洛先生的人的需要层次金字塔模式里，安全感是人类的基本需要之一。

　　记得在日本访问时，很惊讶普通民居的构造单薄。尤其是海边的房子，好像纸扎的灯笼，轻而蓬松，叫人怀疑稍大些的海风，就会把墙壁吹个透明窟窿。

　　我问日本人，你们这里多地震多火山多海啸什么的，如此稀松的房子，怎么抵御灾难，岂不是太不安全了吗？

　　日本人回答，正是因为多灾，我们的房子才造得很轻，一旦倒塌，也不会把人压死砸死，比钢筋铁骨的建筑，反倒多一分安全。就像薄薄的鸡蛋壳，小鸡很容易钻出来。它看起来不安全，其实倒是很安全的。

真叫人无话可说。

那年到处风传地震，我为自己和家人的安全焦虑，特向一位专事地震研究的朋友请教。她告诉我，地震发生的时候，你赶快跳到家中房屋的承重墙交叉的部位，那里通常比较坚固，即使倒塌也会有小的支撑空间可供躲避，以利等待救援。此秘诀闹得我和先生，像两个蹩脚的工程师，在自己家中四处逡巡，彼此还意见分歧。他说这堵墙承重，我说可能是那一堵，吵得谁也不服谁，只好又向朋友讨教。她说，你们可以找到当年施工部门的图纸，对照辨认，岂不最有权威性了？这法子好是好，但实在太麻烦，我们只好不了了之。朋友是个尽责的人，后来又过问此事，我如实相告，朋友说，告你一个简单的法子，一旦地动山摇，你就躲到房屋内的卫生间，那个角落比较安全……从此我牢牢记住这一救命宝典，很长时间内，一进了卫生间，就敬畏有加，觉得在未来的某一天，全靠它的庇护啦！

后来我到了唐山，有一位大地震中的幸存者，谆谆告诫我，大震时，要飞快地窜到凉台上，这样可以在随后的余震中被甩到室外，安全系数较大。他当年就是如此才保住性命，而他躲在房中的家人，全部遇难。

我于是想象自己倘若遇到震灾，可能会在卫生间和凉台中上蹿下跳，坐失宝贵时间。

坐汽车，我因为晕车，总好坐在前面。但屡屡被人指教，只有司机后面的座位，才是全车中最保险的地方。因为据车祸中大难不死者的统计数据，证明在危急的时刻，司机会下意识地保全自己，所采取的紧急措施对自己的位置最为有利。我觉得这一提议后面，有一层相当微妙甚至龌龊的前提。那就是——司机以人的本能保护自己，你坐在司机后面，以他的身躯为你的血肉长城……

灾难时，到底哪里最安全？我只做过如此不完善的小小调查，已是众说纷纭，看来，安全是个永恒的题目，在我们的生命里面，寻找安全，是集体无意识的顽强表现。

我便敬佩那些在危急的时刻，抛却自身的安全，奋勇地冲向危难的勇士。这不仅是道德和情操的高尚，更是人战胜自己天性的壮举。

比如消防人员的扑向火海，比如救护人员的攀登危楼，比如面对易燃易爆物品燃烧时的临危不惧，比如潜入冰水拯救遇溺者……无论职业人员还是见义勇为的普通公民，我相信，在那一瞬，都有生命本能的召唤和人生价值的实现碰撞的火焰。

如果为了一己的安全，自然是远离危险。我们的每一根头发，每一滴血液，都会提醒命令安排指挥我们这样做。人类的进化，使得躲避危险寻觅安全成了几乎与生俱来的能力。但是，为了他人的安全，为了崇高的职责，为了追求和理想，为了一种凌越本能的超拔，他们躲避安全寻觅危险……这样的人，就达到了人的自我实现的顶峰，他们找到了本能之上的高贵的尊严。

○女抓捕手

　　参加活动，人不熟，坐车上山。雾渐渐裹来，刚才还汗流浃背，此刻寒意沁骨。和好风光联结在一起的，往往是气候的陡变。在山下开着的空调，此刻也还开着，不过由冷气改热风了。

　　车猛地停下，司机说此处景色甚美，可照相，众人响应，挤挤攘攘同下。我刚踏出车门，劲风扑面呛来，想自己感冒未好，若是被激成了气管炎，给本人和他人都添麻烦，于是沮丧转回。

　　见车后座的角落里，瑟缩着一个女子，静静地对着窗，用涂着银指甲油的手指，细致地抹着玻璃上凝起的哈气，半张着红唇，很神往地向外瞅着。

　　我问，喜欢这风景，为什么不下去看呢？

她回过头来，一张平凡模糊的面孔，声音却很见棱角。说，怕冷。我这个人不怕动，就怕冻。

我打量她，个子不高，骨骼挺拔，着飘逸时装，没有一点多余的赘肉，整个身架好像是用铁丝拧成的。

她第二次引起我的注意，是偷得会议间隙去逛商场。我寻寻觅觅，两手空空。偶尔发觉她也一无所获。我说，你为何这般挑？

她笑笑说，我不要裙子，只要裤子。好看的裤子不多。

我说，为什么不穿裙子呢？我看你的腿很美啊。

她抚着膝盖说，我也很为自己抱屈。但没有办法啊。你想，我买的算是工作服。能穿着裙子，一脚把门踹开吗？

我如受了惊的眼镜蛇，舌头伸出又缩回。把门踹开！乖乖，眼前这小女子何许人？杀人越货的女飞贼？

见我吓得不浅，那女子莞尔一笑道，大姐，我是警察。

我像个真正的罪犯那样，哆嗦了一下。

后来同住一屋，熟悉了。她希望我能写写她的工作。当然，为了保密，她做了一些技术性的处理。

她说，我是抓捕手。一般的人不知道抓捕手是干什么的，其实我一说您就明白了。看过警匪片吧，坏人们正聚在一起，门突然被撞开，外面有一人猛地扑入，首先扼住最凶恶的匪徒，然后大批的警察冲进来……那冲进来的第一个人，就叫抓捕手。我就是干那个活的。

我抚着胸口说，哦哦……今天我才知道什么叫海水不可斗量。别见笑。请问，抓捕手是一个职务还是职称？

她说，都不是。是一种随机分配。就是说，并没有谁是天生的抓捕手，也不是终身制的。但警察执行任务，和凶狠的罪犯搏斗，总要有人冲在最前头，这是一种分工，就像管工和钳工。不能一窝蜂地往里冲，瞎起哄，那是打群架……

我忍不住插话，就算抓捕手是革命分工不同，也得有个说法。像你这样一个弱女子，怎能把这种最可怕最风险的事，摊派在你头上呢？

她笑笑说，谢谢大姐这般关怀我。不过，抓犯人可不是举重比赛，讲究多少公斤级别，求个公平竞争。抓捕是没有道理可讲的。抓住就是胜利，抓不住就是流血送命。面对残酷，最主要的并不是拼力气，是机智，是冷不防和凶猛。

我说，那你们那儿的领导，老让你打头阵，是不是也有点欺负人？险境之下，怕不能讲"女士优先"！

她说，这不是从性别的考虑，是工作的需要。

我说，莫非你身藏暗器，乃一真人不露相的武林高手？

她说，不是，主要因为我是女警。

我说，你却把我搞糊涂了。刚才说和性别无关，这一会儿又有关。倒是有关还无关？

她说，您看，刚才我跟您说我是抓捕手，您一脸瞧我不起的样子，嫌犯的想法也和您差不多。（听到这儿，想起一个词——物以类聚。挺惭愧的。）当我一个弱女子破门冲进窝点时，他们会一愣，琢磨这女人是干什么的。这一愣，哪怕只有一秒，也赢得了最宝贵的时间。狭路相逢勇者胜啊。特别当我穿着时装，化了浓妆的时候，准打他们一个冷不防……

我看看她套在高跟鞋里秀气的脚踝，说，这是三十六计中的兵不厌诈。只是你这样子，能踹开门吗？

她把自己的脚往后缩了缩，老老实实地承认，不行。

我说，那你破门的时候，要带工具吗？比如电钻什么的？

她说，您真会开玩笑。那罪犯还不早溜了？我现在不能踹开门，是因为没那个氛围。真到了一门隔生死，里面是匪徒，背后是战友，力量就迸射而出。您觉着破门非得要大力士吗？不是。人的力量聚焦到一点，对准了门锁的位置，勇猛爆发，可以说，谁都能破门而入。

我神往地说，真的？哪一天我的钥匙落在屋里时，就可以试试这招了。省得到处打电话求人。

她很肯定地说，只要你下了必胜的信心，志在必得，门一定应声而开。

我追问，进门以后呢？

她说，是片刻死一般的寂静。然后我得火眼金睛地分辨出谁是最凶猛的构成最大威胁的敌人，也就是匪徒中的"头羊"，瞬间将他扑倒，让他失去搏杀的能力。说时迟那时快，战友就持枪冲了进来，大喊一声"我们是警察！"……

我打断她，说，且慢且慢。难道你不拿枪，不喊"我是警察"吗？

她非常肯定地说，我不拿枪，并且绝不喊。

我说，怎么和电影里不一样啊？

她说，那是电影，这是真拼。我如果持枪，就会在第一时间里激起敌人的警觉，对抓捕极为不利。如果我有枪，必得占用最有力的那只手，就分散了能量，无法在最短时间内，将匪首击倒。再说，既是生死相搏，胜负未卜，如果我一时失手，匪徒本无枪，此刻反倒得了武器，我岂不为他雪中送炭，成了罪人？所以，我是匹夫之勇，赤手空拳。

我说，那你不是太险了？以单薄的血肉之躯，孤身擒匪，说实话，你害怕过吗？

她缓缓地说，害怕。每一次都害怕。当我撞击门的那一瞬，头脑里一片空白。这一撞之后，生命有一段时间，将不属于我。它属于匪徒，属于运气。我丧失了我自己，无法预料，无法掌握……那是一种摧肝裂胆的对未知的巨大恐惧。

我说，你当过多少次抓捕手了？

她说，243次了。

我又一次打了哆嗦，颤声问，是不是第一次最令人恐惧？

她说，不是。我第一次充当抓捕手之前，什么都没想。格斗之后，毫发未损。按说这是一个很圆满的开端和结局。可是，犯人带走了，我坐在匪徒打麻将的椅子上，很久很久站不起来，通体没有一丝力气。瞧什么东西，连颜色形状都变了，仿佛是从一个死人的眼眶往外看。我当时以为这定是害怕的极点了，万事开头难。后来我才知道，恐惧也像缸里的金鱼一样，会慢慢长大的。

经历的风险越来越多，胆子越来越小。你一定要我回答哪一次最恐惧？我告诉你，是下一次。

我说，既然你这么害怕，就不要干了嘛！

她说，我只跟你说了恐惧越来越大，还没跟你说我战胜它的力量也越来越强了。如果单是恐惧，我就坚决洗手不干了，想干也干不成了。不是，恐惧之后还有勇气。勇气和恐惧相比，总要多一点点。这就是我至今还在做着抓捕手的原因。

我叹了一口气说，你受过伤吗？

她说，受过。有一次，肋骨被打断了，我躺在医院里，我妈来看我。我以前怕她担心，总说我是在分局管户口的。我妈没听完介绍就大哭，进病房的时候，眼睛肿成一条缝。我以为她得骂我，就假装昏睡。没想到她看了我的伤势，就嘿嘿笑起来。我当时以为急火攻心，老人家精神出了毛病，就猛地睁开了眼。她笑了好一会儿才止住，说，闺女，伤得好啊。我要是劝你别干这活了，你必是不听的。但你伤了，就是想干也干不成了。伤得不算太重，养养能恢复，还好，也没破相……

伤好了以后，我还当抓捕手。当然瞒着老人家。但妈的话，对我也不是一点效力也没有。从那以后，我特别地怕刀。一般人总以为枪比刀可怕，因为枪可以远距离射杀，置人于死地。刀刺入的深度有限，如果不是专门训练的杀手，不易一刀让人毙命，不是常在报上看到，某凶手连刺了多少刀，被害人最终还是抢救过来了。

我想，枪弹最终只是穿入一个小洞，不在要害处，很快就能恢复。如果伤在紧要处，我就一声不吭地死了。死都死了，我也就没什么可怕的了。所以说枪的危害，比较可以计算得出。但刀就不同了，它一划拉一大片，让你皮开肉绽，血肉模糊，但你还没死。那样，假如我妈看到了，会多么难过啊，我也没脸对她解释。所以，我为了妈妈，就特别怕刀，也就特别勇敢。因为在那手起刀落的时刻，谁更凶猛，谁就更有可能绝处逢生。

话谈到此，我深深地佩服面前这个貌不惊人的女警察了。我说，你为什么选择了这么一份危险的工作？

她说，我个子矮，小的时候老受欺负。我觉得警察是匡扶正义的，就报名上了警校。人们常常以为大个子的人才爱当警察，其实，不。矮个子的人，更爱当警察。因为高个子的人，自己就是自己的警察。

我说，你能教给我一两招功夫吗？比如"双龙抢珠"什么的，遇到坏人的时候，也可自卫。

我说着，依葫芦画瓢，把食指和中指并排着戳出去，做了一个在武侠电影中常常看到的手势。

她笑得开心，说您的这个姿势，像二战中盟军战俘互相示意时，打出的"Y"，基本上没效力。因为中指和食指长度不同，真要同时出击，中指已点到眼底，食指还悬在半路，哪能致敌死命？真正的猛招，用的是两根相同长度的手指。

我忙问，哪两指？

女警笑笑说，大姐还真想学啊？如果不在意，我在您身上一试，诀窍您就明白了。当年我们都是这样练习的。

我忙说，好好。我很愿领教。

她轻轻地走过来，右手掌微微一托，抵住我的下颌，顶得我牙关紧扣。紧跟着，她的食指和无名指，如探囊索物般扣住了我的眼皮，不动声色地向内一旋向下一压……天啊！顿时眼冒金星眼若铜铃，如果面前有个镜子，我肯定能看到牛魔王再世。

她轻舒粉臂，放松开来，连声道，得罪了得罪了。

我揉着眼球赞道，很……好，真是厉害啊……只是不晓得要多长时间，才修得如此功夫？

她说，也不难。希望罪犯都被我们早早降伏，普通老百姓永远不要有使用这道手艺的场合。

Wan
An

○ 珊妮兵团

芝加哥一处僻静的街道，除了凛冽寒风的脚步，看不到一个人。找到1504号门牌的时候，一股烈风吹过，呛得我差点摔个跟头。今天要拜访的是"珊妮兵团"。

单从字面上，完全想象不出这是一个怎样的机构。加上它的大名——芝加哥宠物治疗中心，残缺的想象力才有了一点方向，然而，显然是更困难了。注意啊！不是治疗宠物，而是宠物治疗。我穿过20年医生的白大衣，实在难以想象在医生束手无策的地方，那些被人类豢养的动物能有什么高招儿。

说实话，我不是一个很喜欢动物的人。不是因为我吝啬自己的感情，正相反，因为害怕感情的流离失所。想想看吧，大概除了乌龟，所有我们日常亲近的动物，比如鸡鸭鹅兔、猫狗驴马……寿数都比人类要短。如果与之建立起了深厚的感情，那它骤然离去的时刻，会遗下怎样的凄楚！罢，罢！索性将情感的半径缩如毛衣针般短小，相对应的痛苦也会有限。

1504号的楼梯窄得如同天梯，侧着身子上到顶层，一扇普通民居的门。我们敲门，然后等待。几乎怀疑自己走错了地方的那一刹那，门开了。在我没看到任何一个人的时候，四股旋风，分别为棕色、灰色、白色、黑色，无声地扑到我身上……吓得我脖根往后一仰，险些晕了过去。

那是四只狗。被四只大小不同的狗活蹦乱跳地围着身体的感觉，极为奇特。它们闭着嘴，用鼻孔热情地喷着气体，眼神温驯而友好。皮毛摩擦着你的肌肤，好像若干件羽绒背心被挑开了尼龙面子，绒毛满天飞舞，轻暖而撩人。不，不仅仅是暖和轻，更重要的是这些绒毛充满了生命力，不停地变换着方向簌簌流动着，拂过你的全身，仿佛一把奇妙的丝绒刷子，从你的发梢抹到脚踝，直至把你包裹成一根巨大的羽毛……

这是惊恐之中的享受，令人在汗毛竖起的同时想入非非。

当我惊魂稍定，才在众多的狗脸之后看到了一张和善的人脸——艾米女士，这家中心的负责人。

艾米把四只狗呼唤到一旁，然后对我说，我们特别设计了这样的欢迎仪式，希望没有吓着你。因为只有它们才是我们这里的主角，它们是只吃饼干不拿薪水的治疗师。

　　我抚着胸脯说，吓倒是没吓着，只是，它们从不咬人吗？真正的医生都有出意外的时候，这些狗，会不会哪天脾气不好，伤害了病人？谁都有万一，对不对？

　　艾米女士叹了一口气说，你说得对。在我们人类的社会里，的确是这样的，会有万一。但据我所知，在狗的世界里，发生这种机会的概率要远远小于人类，我不敢说绝无仅有，但我从来没有见过。狗永远是积极的。你见到人类背叛狗，在某些人那里，还吃狗肉。但是，你见过一条主人的爱犬背叛过主人吗？你见过在没有食物的时候，狗把主人吃了吗？没有，从来没有过啊。我们这些治疗犬里，从来就没有出现过对病人的伤害。有的，只是人对它们的伤害。我心中尖锐地疼了一下，我相信艾米女士说的一定是真的。我还需要了解得更详尽一点。

　　艾米女士说，我们这个中心，成立了11年。我们现在有200多条治疗犬，也就是说，有200多位犬医生。我们的治疗犬到监狱里面为犯人治病，结果那些罪犯用烟头烫伤了治疗犬。即使在这种情况下，治疗犬也没有给那些人以任何回击，它们只是伤心地离开了……

　　我愤愤不平地说，为什么要让治疗犬到监狱里去？艾米女士说，伤害治疗犬的犯人只是极个别的现象，绝大多数犯人对治疗犬都很友善，效果很好。甚至可以说，在某种程度上，治疗犬起的作用比医生还大。

这我就有些不以为然了。看得出，艾米非常热爱动物，但是也不能把动物夸大到比人更加能干的地步啊！

可能是我的表情出卖了我内心的某些活动，也许是艾米常年同犬打交道，神经和感知异常灵敏，总之，她以下的话似乎是针对我的念头而来。

犯人犯罪的原因有很多很多，但其中最根本的原因是丧失了对人的信任。教育他们今后不犯罪的办法也有很多，但最根本的是要他们恢复对人的信任，让他们内心深处的良知苏醒过来。也许人的语言难以抵达的地方，治疗犬可以达到。是的，它们不会说话，可是它们有对人一往情深的信任，它们单纯而友善，执着而可爱。在监狱里的那些人，几乎已经忘记了被另一个个体信任的感觉，但是，在治疗犬这里，他们突然得到了。信任给予人的动力是非常巨大的。治疗犬让一些作恶多端的人流泪，让他们重新思索自己的人生。

我听得感动，说，训练这样打不还手骂不还口的治疗犬，是不是非常困难？

艾米说，是很困难。只有很少的一些犬具备优良的治疗犬的素质，选择这样的犬，再进行严格的训练，最后参加特别的考试，然后才有进行治疗的资格。

我说，这么难啊？

艾米说，是啊。

我说，都有什么试题啊？你不要怀疑我知道了会透题，我在万里之外，一定会保密的。

艾米说，比如说，在考试中，有一个题目，要求治疗犬连续地舔人的手掌达若干时间，很多犬就难以通过。有一些犬是可以训练出来的，有一些犬是无法训练出来的。只有那些最友善、最耐心并且喜欢交往的犬，才能过关。

我心里替那些犬大抱屈。当然了，犬是经常舔主人的手掌，但那是它在表达自己的情感。若是要求它对一个不认识的人反复做这样的动作，就像要求一个小伙子对一个陌生的老大娘不停地说：我爱你爱你爱你……真够受罪的。

艾米说，你一定想问，为什么要这样呢？

我连连点头。

艾米说，治疗犬对偏瘫后遗症和老年性痴呆的治疗效果很好。其中很重要的一个治疗方案就是治疗犬用舌头抚摸老年人的手指。人的手指上有很多神经末梢，这种抚摸对人的神经的恢复非常有帮助。若是一只耐性不良的治疗犬，干着干着就烦了，摇摇尾巴自己跑了，那怎么行？治疗常常是很枯燥的，一只好的治疗犬深深地懂得这一点。它们执行治疗任务的时候，非常敬业，极为投入。治疗完成了，犬也累坏了。有时，两个小时的治疗之后，治疗犬要深睡一天。

我说，艾米女士，您本人一定是训练治疗犬的行家了。

艾米女士说，惭愧得很，我训练的一只治疗犬，刚刚在考试中被刷下来了。

我说，为什么呀？

艾米女士说，它的注意力不够集中。有一条是考验治疗犬的耐心，要它们端坐若干时间。当还有一分钟就要结束考验的时候，考官突然放出一只猫从犬的面前飞跑而过。我的那只考试犬没能经受住考验，它看了猫一眼，浑身就不自在起来，坚持了若干秒，最后还是一跃而起，追那只猫去了，结果前功尽弃。

艾米女士说得很伤心，那情形像极了孩子勤奋苦读之后却未能金榜题名的失意母亲。

艾米女士说，芝加哥的很多家医院都同她联系，请治疗犬到病房里施治，治疗犬供不应求，计划已经安排到了两个月之后。前些日子，韩国的一家医院也请艾米女士带着治疗犬到他们那里现场操作。美国联合航空公司特地批准了这些治疗犬免费飞越重洋。只有最优秀的犬，才能得到这份殊荣。任务特殊，也有些艰巨。比如有一个科目，是让病人训练犬学会打篮球。治疗犬就要乖乖地跟随着病人的脚步，做这个训练。开始的时候，它们一窍不通，然后在病人的训练中逐渐进步，最后成功地掌握这个动作。这个训练，会让病人感受到成功，并且不厌其烦，学会交流和合作。

我说，这很有趣啊。

艾米女士说，若是我告诉你，我们的治疗犬早就掌握了打篮球的动作。但是它们要做出一无所知的样子，然后慢慢地进步，你觉得怎样？

我说，这是人都难以完成的作业。

艾米说，优秀的治疗犬能够成功地做到这一点。它们懂得循序渐进，懂得让训练者有成就感。狗非常忠诚，它是把人当成它的头狗来效忠的。

告别的时候，艾米女士和治疗犬一道欢送我。我一一抱起治疗犬，表达一名人医生对四位犬医生的敬意和谢意。我问艾米女士，哪一位是珊妮？

我想，那只威武高大的母犬应该是珊妮了，好像含威不露的资深女医生。

没想到，艾米说它的名字叫采茜。至于珊妮，是这里最好的治疗犬，所以整个队伍以它的名字命名，叫珊妮兵团。不巧的是，珊妮今天出诊去了，到病人家里做治疗，很晚才会回来。

无缘见到这支部队的总司令，甚为遗憾啊！当沿着陡峭的楼梯走下，我故意把脚步放慢，期待着，也许正赶上珊妮出诊归来呢。

○在海参崴
闭上眼睛

　　我以前读不准俄罗斯海参崴的"崴"字，自以为是地念作"海参威"，觉得透出一股忧郁的蓝色气息。到了东北，才知道这原是一个极乡土气的名字。崴子，是山东话，意为"水湾"。海参崴，就是出产海参的湾子。

　　在地图上，海参崴是个被圈在圆括号里的小名。那地方的大名叫"符拉迪沃斯托克"。

　　多拗口的名字！

　　我们作为旅游者来到东方这座美丽的海滨城市，轿车在细雨霏霏的街道上疾驶，观赏者异国的风光。俄罗斯女导游娜佳迫不及待地拿出一张黑白人物照片，约莫有一英尺见方，上下晃动着，眉飞色舞地向我们解说着什么。

娜佳名为导游，其实并不通汉语。我们随着汽车的颠簸，注视着相片上那个留着小胡子的俄国军人高傲的面庞，莫名其妙。

娜佳神采飞扬地讲完了，示意随团的中方翻译将她的话译过来。

我方精干的小翻译没来由地结巴起来，无端地咳嗽。旅游车里一瞬变得很静。中国人和娜佳对望着，视线的焦点集中在相片上的那人上。

中方翻译终于开口了："相片上的人叫穆拉维约夫，是沙俄时代的将军，他是第一个踏上海参崴的俄国人……"

窗外是蔚蓝色的港湾，天空缀着白色的海鸥。远处，庞大的舰群像钢灰色的山峦，岿然不动。

我凝视着相片上须发森然的将军，心想，从世界上发明第一张照片到今天，不过百十年的历史，可生活在这块土地上的人，岂止敷衍了千百年？第一个踏上这片土地的俄国人，居然留下了如此清晰的照片，历史的神经已经错乱。

小翻译顿了顿，继续说："这里原来是中国的领土。19世纪中期，任俄国东西伯利亚总督的穆拉维约夫多次武装侵入中国的黑龙江流域，1858年用武力迫使清朝签订了不平等的《中俄瑷珲条约》，1860年又签订了《中俄北京条约》，将海参崴割让给俄国。中国共计失去了100多万平方千米的土地。由于穆拉维约夫

我看到自己血脉中的红细胞在阳光的照耀下，

变得像火球一样鲜艳而灼热。

扩张领土的功劳，沙皇特封他为阿穆尔伯爵，意为黑龙江伯爵。海参崴也改名叫符拉迪沃斯托克，意为'控制东方'……"

娜佳矜持而骄傲地微笑着，她听不懂小翻译的话，以为他是把自己的话全文照译。

我闭上了眼睛，让眼帘暂时隔绝穆拉维约夫将军胜利者的笑容和海参崴明媚的阳光。我看到自己血脉中的红细胞在阳光的照耀下，变得像火球一样鲜艳而灼热。

娜佳是无辜的。她向所有访问海参崴的外国人都这样介绍着海参崴的历史。对于他们来说，历史的确是从穆拉维约夫将军开始的。

在海参崴面对历史的沉重与沧桑时，我们无话可说，只有闭上眼睛，听凭血液澎湃地涌动。

在海参崴还听到一个故事。据说穆拉维约夫将军在签约的最后关头动了小小的恻隐之心，给中国留下一个小镇作为出海口，在那里矗立了一块中国的界碑。不想巡逻边防的清军嫌那个小镇太偏远了，每日巡逻的时候，都要把界碑往我方扛几步。就这样他们走得越来越轻松。终于有一天，卫国的军士们巡察国境时再也不用走那么远的路了——中国已经永远丧失了它在东方最后的出海口。

我不知这个故事是否真实。假如它是真的，我们有太多太多的话要说。

○莺鸟

与铁星

Wan
An

在南太平洋的岛屿中，飞翔着一种有着动听鸣叫的美丽小鸟，叫莺鸟。它们长着形色各异的喙，岛屿上物产丰富的日子，莺鸟们靠吃多种草籽为生，活得优哉游哉。但是饥馑来了。

干旱袭击了岛屿，整个大地好像是刚刚凝固的炽热火山，赤红的土地，看不到一丝绿色。科学家找到一些从前研究过的莺鸟，它们的腿上拴着铁环，观测结果，发现莺鸟们的体重大减，挣扎在死亡线上。

原因是食物奇缺，能吃的都吃光了，唯一剩下的是一种叫"蒺藜"的草籽，它浑身是锋利的硬刺，锐不可当，在深深的内核里隐藏着种仁，好像美味的巧克力封死在铁匣中。蒺藜还有一个名字叫"铁星",象征着难以攻克。拉丁文的意思是"挤压和疼痛"。

莺鸟用自己柔弱的喙,啄开一粒铁星,先要把它顶在地上,又咬又扭,然后顶住岩石,上喙发力,下喙挤压,直到精疲力竭才能把外壳扭掉,吃到活命粮草。

岛上开始了残酷的生存之战。没有刀光剑影,唯的一声音就是嗑碎蒺藜的噼啪声。很多莺鸟饿死了,有些顽强地生存了下来。科学家想,生和死的区别在哪里呢?

经过详细的研究,喙长11毫米的莺鸟,就能够嗑开铁星,而喙长10.5毫米的莺鸟,就望"星"兴叹,无论如何也叩不开戒备森严的生命之门。

0.5毫米之差,就决定了莺鸟的生死存亡。在丰衣足食的时候,一切都被温柔地遮盖了,但月亮并不总是圆的,事物的规律跌宕起伏。

我猜想,那些饿死的莺鸟在最后时分,倘若能思索,一定万分后悔地想自己为什么没能生就一枚长长的利喙!短喙的莺鸟,是天生的,它们遭到了大自然无情的淘汰。但人类的喙——我们思维的强度,历练的经验,广博的智慧,强健的体力,合作的风采,幽默的神韵——却可以在日复一日的积累中,渐渐地磨炼增长,成为我们度过困厄的支柱。

○ 只有贝加尔湖
知道

Wan
An

对于贝加尔湖，基本上就是这样的态度。检点起来，对这个湖的印象可以归纳为两点。一点来自汉朝的苏武牧羊，老人家吞毡咽雪，事发地点就是凛冽的北海——贝加尔湖的小名。还有一点就是天气预报，我们所有的寒冷都来自那遥远的湖面，贝加尔湖简直就是整个中国的北部冰库。

好了，有了这些就足够了。带上方便面，让我们向贝加尔湖出发。

中国人出国都愿意带上几包方便面。我觉得主要是我们的方便面做得好，味道多样化。面条这种东西，很能抚慰中国人的胃。当我们在国外连续几天吃不到可口的中餐时，一旦想起旅行箱里还有几包方便面，心中就安然了很多。

从北京出发，乘坐俄航的飞机，只需两个多小时就到达伊尔库茨克。由于看书太少，在没有到达伊尔库茨克之前，我不知道贝加尔湖和伊尔库茨克的关系。

其实，贝加尔湖紧靠着伊尔库茨克。

但是，我们不能马上看到贝加尔湖。因为我们是从这里入境的，按照规则，我们还将从这里出境。前后两次经过伊尔库茨克，贝加尔湖的游览就被安排在返程途中。

贝加尔湖近在咫尺，可是却不能一睹芳颜，只有等待。不过，伊尔库茨克也是非常值得一看的城市。它保留着古老的俄罗斯风貌，让人恍惚闻到19世纪俄罗斯作家笔下的田园味道。导游很骄傲地告诉我们，伊尔库茨克已经建市三百多年了，是东西伯利亚第二大城市。我们听着无动于衷，因为我们有很多三千年历史的城市。伊尔库茨克的街道上有很多小木屋，都是以整棵的原木为构架，粗大的原木在转角处搭接，好像刚刚从森林里砍伐回来，还带着木纹的印记。院子也是原木围绕而成的，以木墙承重，木板屋顶，据说坚固保温。想想也是，即使漫天大雪，你躲在一个木头挖出的槽里，闻着松脂的清香，还会寒冷吗？有些木头是被截断的，因为那里要开窗户。每一扇木头窗户都挂着镂花的窗帘，好像有一个童话躲在后面窥视着你。由于年代久远，已经看不出木屋当年粉刷过的颜色，通通是原木在腐朽过程中的赭黑色。当地的导游很为这一点气馁，解释道："我小的时候，看到过人们把自家的房屋都刷上油漆，每座木屋的颜色都是不一样的，可好看了。"

我们就说："那现在为什么不再把它们刷上油漆呢？这样不但美观，也可以保护这些小木屋啊！"

年轻的女导游撇撇嘴说："小木屋多难看啊，有什么保留的必要呢？为什么还要浪费油漆呢？我们很快就要把它们都拆掉了，盖新的水泥的房子。"

我们无语。

自从20世纪90年代苏联解体后，位于西伯利亚腹地的工业重镇伊尔库茨克一直未能从严重的经济衰退中摆脱出来。吃午饭的时候，在当地居住了四十多年的老板娘说，这里几十年来就没有多大的变化。

没有变化，是好事还是坏事呢？如果小木屋都变成了钢筋水泥的建筑，伊尔库茨克是更美丽了还是不美丽了呢？

正值7月，是伊尔库茨克最温暖的季节。听老板娘说，如果再早来几天，背阴处的积雪还没有融化呢！街道两旁的林木盛开着繁茂的白花，稠密得看不到枝条和树叶。我问导游："这叫什么树、什么花？"

导游说："不知道。"

我就为自己的爱打听害臊了。我一厢情愿地认为，你想了解一个地方，就应该认识那里的植物，每一种植物都有故乡。看到餐厅的老板娘爱说话，我就又向她探问这种开着无比稠密的白色花朵的树木叫什么名字。

"我不知道它的俄国名字是什么，可我知道它的中国名字。"老板娘说。

我只有退而求其次了，说："中国名字也行，叫什么呢？"

"它叫酸丁子。春天开白花，秋天结出紫黑色的浆果，可以生吃，还可放在锅里蒸熟再吃，蒸着吃比生吃还要酸甜可口，面面的。蒸好的酸丁子还能做成酸丁子酱，能做馅饼的。"

一句"能做馅饼"，就让我明白了这位远在异国的中国老婆婆已经彻底融入了俄罗斯的风俗，馅饼不再是韭菜茴香馅的，爱吃果酱馅饼了。只是，闹了半天，我还是不知道这个酸丁子到底是棵什么树。

安加拉河河岸到处都是酸丁子树，花朵熙熙攘攘人山人海（把一朵花比作一个人的话），让你不断担心树干会不会不堪重负被压垮。好在酸丁子树像个好汉，树皮是黑色的，树枝遒健有力，很是坚韧不拔地挺立着。俄罗斯青年在树下喝酒唱歌，啤酒瓶子瘫倒一地，快乐到你觉得他们有点忘乎所以、游手好闲。同伴中有勤劳的同志，还掰着指头计算了一下今天是星期几（旅游在外的人对日期比较敏感，对星期几比较糊涂），待想起是星期天，才稍稍平息怨气。

第二天早上，我就要离开伊尔库茨克的时候，俄方导游拿着一本俄汉词典对我说："你问的那种树，叫稠李。"

啊，原来是大名鼎鼎的稠李啊！

在俄罗斯作家的笔下，那旷野中开着白花的稠李树下，发生过多少美丽的故事。稠李的芳香在暮春的时候，弥漫在木屋的炊烟之中，又激起多少令人哀伤的想象！

叶赛宁有一首诗，开门见山就叫《稠李树》。

稠李树

馥郁的稠李树，

和春天一起开放，

金灿灿的树枝，

像鬈发一样生长。

蜜甜的露珠，

顺着树皮向下淌，

留下辛香味的绿痕，

在银色中闪光。

缎子般的花穗，

在露的珍珠下璀璨，

像一对对明亮的耳环，

戴在美丽姑娘的耳上。

在残雪消融的地方，

在树根近旁的草上，

一条银色的小溪，

一路欢快地流淌。

稠李树伸开枝丫，

发散着迷人的芬芳，金灿灿的绿痕，映着太阳的光芒。

小溪扬起碎玉的浪花，

飞溅到稠李树的枝杈上，

并在峭壁上弹着琴弦，

为她深情地歌唱。

有了词典的帮忙，导游底气壮多了。她说，稠李的俄文发音是——俄文不会录入，在俄罗斯文化中是美丽和爱情的象征。

在明媚的春天，雪白的稠李花仰天怒放，一阵阵浓郁的芳香，沁人心脾。诗人们将它喻为蓬松的白云和雪白的妙不可言的树木。稠李树下是情人约会的地方，稠李所表达的爱情是一种绵绵的柔情。叶赛宁在《请吻我吧……》中写道："在稠李充满柔情的沙沙声中，响起了一个甜蜜的声音：'我是你的。'"没有稠李的爱是一种没有柔情和甜蜜的爱，因此当小伙子向姑娘表达爱意时，常常向心爱的姑娘投去一把稠李枝……

怪不得那么多年轻人挤在稠李树下，原来有如此的象征意义。虽然和爱情无关，但我也在稠李树下照了一张相，以表达对这种树木的喜爱。后面的行程里，在莫斯科，在圣彼得堡，在涅瓦河畔……只要我一看到这种盛开着白花的树（俄罗斯腹地由于气候温暖，稠李花已经快谢了，但芬芳更浓烈），就会不由自主地小声招呼一句"稠李树"……好像在向一个新认识的朋友问好。

重新回到伊尔库茨克，重头戏就是拜谒贝加尔湖。这一次，和我们同行的导游是个小伙子，名叫万尼亚。这名字很容易记住，因为有个著名的万尼亚舅舅活在话剧里。

从伊尔库茨克出发，沿着宽阔的柏油路前行了大约40千米，穿过丘陵，先到了湖畔的小木屋博物馆。

一个非常有趣的博物馆，据说是在安加拉河上修建水库的时候，把被淹没的库区的一些木屋搬迁到这里，以保存当地居民的原生态。比起伊尔库茨克城里的那些木屋，这里的木屋更精致、更高大，精彩得让人不相信是建造于几百年前。也许市街两旁的建筑不过是普通的民居，但这里的木屋是经过遴选的典型建筑，就像北京胡同的小四合院和达官贵人家的府第，均为古建筑，却不可同日而语。有一个木屋据说是一百年前的乡村学校，宽敞明亮，摆着整齐的课桌，足以让今天的希望小学羡慕不已。在老师的桌子上，有一个巨大的地球仪，手一抹，滴溜溜地转起来。对此我心存疑虑：当年俄罗斯乡下的孩子们就如此胸怀世界了吗？

从这里，可以看到宽广的安加拉河。导游说："再往前走，你可以在安加拉河河口看到一块巨石，那是贝加尔湖抛下的绊脚石，企图阻碍女儿的脚步。"

怎么回事？

传说中，贝加尔湖是爸爸，安加拉河是他美丽的女儿。贝加尔湖兼容并蓄，有336条河流进来，却只有一条安加拉河流出去。安加拉河就是贝加尔湖唯一的孩子。女儿到了年龄就要出嫁，父亲为她选中的恋人，就是俄罗斯最大的河流——伏尔加河。但飞来的海鸥告诉安加拉河，有位名叫叶尼塞河的青年非常勤劳勇敢，安加拉河的爱慕之心油然而生，想追随叶尼塞河而去。贝加尔湖断然不许，安加拉河只好趁其父熟睡时悄然出走。贝加尔湖醒后痛苦不已，追之不及，便投下巨石，以挡住女儿的去路。可安加拉河已经远去，为了爱情，安加拉河嫁给了汹涌澎湃的叶尼塞河，向北向北，最终流入了北冰洋。

在故事中继续前行，我们看到了那块被称为"圣石"的巨石，没有想象中那样大，不过屹立在湖河分界处，中流击水、浪花飞溅也很壮观。

贝加尔湖几乎是在没有征兆的情况下突然出现。目之所及皆为蔚蓝，鸥鸟飞翔，水波不兴，湖岸线仿佛画框，将西伯利亚瑰丽的巨大蓝宝石——贝加尔湖镶嵌其中。

贝加尔湖是英文"Baykal"一词的音译，俄文称之为"baukaji"，源出蒙古语，是由"saii（富饶的）"加"kyji（湖泊）"转化而来，意为"富饶的湖泊"，因湖中盛产多种鱼类而得名。根据布里亚特人的传说，他们将贝加尔湖称为"贝加尔达拉伊"，意为"自然的海"。湖形狭长弯曲，宛如一轮明月镶嵌在西伯利亚南缘。南北长636千米，相当于从莫斯科到圣彼得堡之间的距离，平均宽48千米，最宽处79.4千米，面积达31500平方千米，最深处有1620米，贝加尔湖聚集着全球淡水湖总蓄水量的五分之一。

俄罗斯作家契诃夫曾写道："贝加尔湖异常美丽，难怪西伯利亚人不称它为湖，而称之为海。湖水清澈透明，透过水面像透过空气一样，一切都历历在目。温柔碧绿的水色令人赏心悦目。岸上群山连绵，森林覆盖。"

贝加尔湖湖水如琼浆般澄澈，有记载说湖水透明度可达40.8米。湖中有植物600多种，水生动物1200多种，其中四分之三为特有种群。贝加尔湖虽是淡水湖，但湖里生活着许多地道的海洋生物，如海豹、海螺、龙虾等，据说湖中虾的种类就有255种。另外，还有两种完全是透明的贝尔鱼。贝加尔湖中有岛屿27个，最大的是奥利洪岛，面积约730平方千米。我们问轮船老大，到那座岛上要多久？他说，最少要20个小时。

贝加尔湖的大，由此可见一斑。

贝加尔湖也是世界上最古老的湖泊。湖底为沉积岩，第四纪初的造山运动形成了该湖周围的山脉，湖区地貌基本形成的时间迄今约2500万年。贝加尔湖下面存在着巨大的地热异常带，火山与地震频频发生。据统计，湖区每年约发生大小地震2000次。贝加尔湖还有许多未解之谜。例如，湖水一点不咸，也就是说它与海洋不相通，但却生活着地地道道的海洋生物。又如贝加尔湖里长有热带的生物，像贝加尔湖藓虫类动物，其近亲就生活在印度的湖泊里；贝加尔湖水蛭在我国南方淡水湖里才能见到；贝加尔湖蛤子只生存在巴尔干半岛的奥克里德湖。

有人说，贝加尔湖在地下和北冰洋相连。想想吧，多么奇妙，也许那些海洋生物是从地底下潜泳来的呢！

湖堤旁是一排排售卖烤鱼的摊子。那种鱼尺把长，鱼皮是淡黑色的，身材像鱼类一样修长而浑圆，看得出善于遨游，而且非常结实。肉质粉红，类似三文鱼。各个摊子的售价都是统一的，为40卢布，合人民币十二三元。导游告诉我们，它的大名叫秋白鲑，是贝加尔湖的特产，肉质鲜嫩刺少，就着伏特加酒下咽，别有一番滋味。据说，因为湖水冰冷，一条秋白鲑要9年才能长到十几厘米长。为了保护鱼类资源，当地政府对捕鱼许可证的发放非常严格，此鱼严禁出口，只有到贝加尔湖才能品尝到这种美味。

我相信其言不虚，因为临走的时候，万尼亚单买了几条鲑鱼，说是留着回家再吃。看来就是在伊尔库茨克市里，这鱼也属珍品。

不过平心而论，虽然秋白鲑毫无腥气，但因为摊贩基本上不用任何调料，连盐都很吝啬（估计是为了保持原汁原味），这样除了鱼本身的味道之外，对喜欢咸香麻辣的中国人来说，就略显寡淡了。我在岸边照了一张大吃鲑鱼的照片，拿回家给人看，都说我像一个原始人。其实，很多人一边抢着酒瓶子一边吃鱼，模样比我饕餮多了。

我们上了一艘小游轮。游览贝加尔湖是自费项目，每人600卢布，约合人民币200元。游轮向贝加尔湖深处驶去，很快周边的景色就退向远方，只剩下碧蓝的湖水和天上变幻莫测的白云。

太大的湖和海就没有什么分别了，最大的分别也许是湖水更清澈，看着湖底的水草，会产生一种错觉。想起安徒生的童话《海的女儿》，说水面像最蓝最蓝的矢车菊花瓣，在这晶莹剔透的湖底，一定隐藏着另外一个世界。

万尼亚从船舷摘下一个水桶，把桶抛下，荡起绳子。小桶翻着筋斗翻进湖中，盛满水后被提起来。万尼亚举着滴滴答答落着水珠的小桶对大家说："请，喝吧。"

我们说："就这样喝？"

记得在莫斯科，导游再三告诫我们，俄罗斯的自来水是不能直接饮用的。在饭店买一瓶水，要合人民币近20元。我们基本上已经习惯了每天为自己的饮水支付款项，现如今一下子看到如此多的免费洁净水，受宠若惊，将信将疑。

万尼亚说，贝加尔湖中心的水是可以直接饮用的，非常洁净。在盛夏，水温也只有3摄氏度，冰镇的，矿泉水。

我们就一仰脖，咕咚咕咚喝下去，果真甘美如泉。

我和万尼亚站在船边看天上的流云。万尼亚说："我很想请教您一个问题。"

我说："您尽管说。如果我知道，一定告诉您。如果我不知道，这船上还有那么多人，我可以帮您问问大家。"

万尼亚是个30岁出头的小伙子，汉语说得不错，去过中国。他说："我的问题是，为什么你们中国人对贝加尔湖情有独钟呢？"

我说："你知道我们汉代的'苏武牧羊'吗？"

他说："知道。"说到这里，他手搭凉棚眺望天边，蓝色的眸子反射出天空的白云。他说："每次来到贝加尔湖，就会想，当年你们的苏武在这里的哪个地方牧过羊呢？"

大地苍凉。是啊，他一个外国人在想，我这个中国人更要想了。

苏武牧羊的"北海"并非大海，而是我们脚下的这个贝加尔湖。汉代称之为"柏海"，元代称之为"菊海"，18世纪初的《异域录》称之为"柏海儿湖"，《大清一统志》称之为"白哈儿湖"，蒙古人称之为"达赖诺尔"，意为"圣海"。

贝加尔湖周边是无尽的山脉和丘陵，历史上这里曾是中国北方部族的主要活动地区。现在是盛夏时分，正是这里最好的季节，在船上还感到沁骨的寒意。一过了9月，严寒就奔驰而来。秋天，湖畔在0摄氏度左右，而周围山峰和盆地为零下40至零下30摄氏度，巨大气压差形成强大的风暴——贝加尔季风。到了冬天，更是锥心刺骨的寒冷。据当地人说，温度可达零下50摄氏度。如果你走到外面猛地呼吸一口冷空气，那你就对自己的呼吸系统的分布有了最形象的了解。你会知道腔子里所有的气管走向，每一个肺泡都变成冰珠子。贝加尔湖湖面就是一整块巨冰，把天地万物的每一丝暖气都吸入脏腑，几米深的积雪将所有的地方都覆盖成一片银白。

在这样艰苦恶劣的气候下，苏武待了19年。戏文中唱道：

雪地又冰天，苦守十九年。

渴饮雪，饥吞毡，牧羊北海边。

心存汉社稷，旄落犹未还，

历尽难中难，心如铁石坚。

夜坐塞上时听笳声入耳痛心酸。

转眼北风吹，群雁汉关飞。

白发娘，望儿归，红妆守空帷。

三更同入梦，两地谁梦谁，

任海枯石烂，大节总不亏。

宁教匈奴惊心破胆共服汉德威。

苏武是公元前1世纪汉朝人，当时中原地区的汉朝和西北的匈奴关系时好时坏。公元前100年，匈奴政权新单于即位，汉朝皇帝为了表示友好，派遣苏武率领一百多人，带了许多财物，出使匈奴。不料，就在苏武完成了出使任务，准备返回自己的国家时，匈奴上层发生了内乱，苏武一行受到牵连，被扣留下来，要求他们背叛汉朝，臣服单于。最初，单于派人向苏武游说，许以丰厚的俸禄和高官，苏武严词拒绝了。匈奴见劝说没有用，就决定用酷刑。正值严冬，下着鹅毛大雪。单于命人把苏武关入一个露天的大地窖，断绝食物和水，指望着可以改变苏武的信念。时间一天天过去，苏武在地窖里受尽了折磨。渴了，他就吃一把雪，饿了，就嚼身上穿的羊皮袄。受尽刑罚、濒临死亡的苏武仍然没有丝毫屈服的表示，单于只好把苏武放出来。单于看到软硬兼施对苏武都没有起作用，又不想让他返回中原，就把苏武流放到西伯利亚一带。单于对苏武说："既然你不投降，那我就让你去放羊，什么时候公羊生了羊羔，我就让你回到中原去。"

苏武被流放到了人迹罕至的贝加尔湖边，唯一与苏武做伴的，是那根代表汉朝的使节棒和一小群羊。苏武每天拿着这根使节棒放羊，心想总有一天能够拿着使节棒回到自己的国家。这样日复一日，年复一年，使节棒上面的毛都掉光了，苏武的头发和胡须也都变白了。19年后，当初下命令囚禁他的匈奴单于已然老死，新单于执行与汉朝和好的政策，汉朝皇帝立即派使臣把苏武接了回来。苏武受到热烈欢迎，从政府官员到平民百姓，都向这位富有民族气节的英雄表达敬意。苏武回国后，一直保持着吃羊肉棒骨喝羊肉汤的饮食习惯，不知道是不是这种食谱的好处，受尽苦难的苏武居然活到了80多岁。要知道，这在人生七十古来稀的时代，可是个惊人的寿数呢！

万尼亚说："苏武牧羊就在此地，可那个时候这里还不是你们国家的啊。"

我说："那时这里是匈奴的地盘，匈奴后来也成了中国的一部分啊。"

万尼亚说："好吧。就算是这样吧，但现在贝加尔湖是我们的。"

我无言。

是的，现在，贝加尔湖不是中国的。这也是千真万确的，我们只有尊重国境线。

想起一件往事。有一次，在北京会见蒙古国作家团。友好气氛中，作家团的团长说，我们代表蒙古国作家，送给你们一件礼物，是一张画在皮革上面的画。说着，就展开了一幅尺把长的皮画，上面绘着一位身穿蒙古服装的英武汉子，面如重枣，稀疏的胡须被归拢成几绺垂在下颔上。

蒙古作家团团长说："这就是我们民族伟大的英雄和开国元勋……"中国作家很尊敬地走过去瞻仰。团长说："……他就是成吉思汗。"

　　当时就想起了鲁迅先生那段著名的论述——到底是他们的汗还是我们的汗呢？

　　当然先是他们的汗了。

　　扯远了，还是回到贝加尔湖吧。

　　贝加尔湖是美丽的，也是珍贵的。凡是美丽而珍贵的东西，都应该珍惜。在俄罗斯，作家是保护贝加尔湖的重要力量，其中最突出的是著名作家拉斯普京。

　　当年我读文艺学研究生的时候，就很喜欢拉斯普京的作品，喜欢那种对人生绝境的从容不迫的描述，并在这种描述中彰显出人性的顽强和坚忍。

　　拉斯普京是俄罗斯当代著名作家。他的小说以浓郁的西伯利亚乡土气息和对人与传统主题的深刻挖掘而著称于文坛。比如他的《告别马焦拉》，就是很有代表性的作品。在参观小木屋博物馆的时候，我就在想，这里面有没有一座木屋是来自马焦拉呢？

　　小说写的是安加拉河上的一座小岛——马焦拉即将因一座大型电站的建设而被淹没，由此引发出人们搬迁时的种种情感冲突。有一位俄罗斯老大妈叫达丽娅，古老的木屋就要被水淹没了，达丽娅拎着小桶，艰难地粉刷着自己的小木屋。年轻人大感不解，觉得何必要徒劳无益地粉刷房屋呢？它们就要消失于波涛中，粉刷还有什么意义呢？殊不知在对故土怀有深情厚谊的人心中，每一幢小木屋都是有灵魂的。维系村民与马焦拉联系的是那种似乎说不清、道不明的，但又深深熔铸于人们血肉之中的传统，一种有价值的精神和道德的脐带。"马焦拉"不仅仅是一座小岛，而且是小说中村民们得以劳作、生息，有着种种无法割断的精神文化联系的母亲大地，而且也是俄罗斯民族传统根基的象征，具有强烈的象征意义。作者并不是写简单的"乡土恋情"，而是深刻地揭示了历史、传统和民族意识对于当代人的意义，并提醒处在高科技时代的人们要"注意人类生存的根基"，要"珍惜地搬迁"。

拉斯普京也以此表达了深深的忧虑。在历史蜕变中，很多民族传统中有价值的东西被冷落、遗弃，乃至无情斩断……《告别马焦拉》，是一首悠长的挽歌，合着贝加尔湖的波浪，在水中激起不息的涟漪。

拉斯普京直言不讳的批评，成了某些人的眼中钉和肉中刺。黑暗势力对拉斯普京的仇恨，居然演变成了血腥的暴力。1980年寒冷的冬天，拉斯普京遭到了惨无人道的暗算，就在位于伊尔库茨克的公寓外面，他被五个人用凶器打得皮开肉绽，鲜血横流。当人们发现拉斯普京的时候，以为他已经死了。经抢救，拉斯普京终于活了过来，眼睛几乎失明了一年，脸部做了多次整容手术。

在伊尔库茨克城里漫步的时候，我常常不由自主地想，哪一栋房屋是拉斯普京的喋血之地呢？一个作家，为了捍卫自己的感情和理念，居然要付出这样深重的代价，在意料之外也在意料之中。我在北师大读书时，导师曾说过一句话："作家其实是一个充满了危险的职业，因为你要说真话。你选择了这一行，就要决定做一个勇士。"

拉斯普京是一个勇士。伤愈之后，他依然毫不退缩地投入保护贝加尔湖的事业中。他对人说，总有一种"做得太少，为时太晚"的感觉。记者曾问过他："你是否觉得这种原始的西伯利亚古老民族的传统应当受到保护？"

拉斯普京点点头，说："要是我们过去多注意一点他们的传统，今天的贝加尔湖就不会遇到这么多的麻烦。"说到这里，他深深吸了口气，接着说，"所以，我们要注意优先保护当地的传统，包括思想传统、文化传统、民族传统，因为没有这些传统，人类将无法保护其生存环境。"

贝加尔湖的保护得到了越来越多的重视，但拉斯普京认为，有些保护贝加尔湖的决议仍然是模棱两可、治标不治本的，主管部门可以随意解释或是延误执行有关的决定，或者对存在的问题采取文过饰非的态度。拉斯普京说："当大家反复看到这种口头上热爱自然，而行动上破坏自然的口是心非的现象时，便会滋生一种厌恶的、麻木的、无动于衷的心态。国家是否真的具备长期的生态政策，当前主要体现在贝加尔湖的问题上。"

官僚主义换汤不换药的措施终于激怒了群众。伊尔库茨克地区党和政府1987年4月1日通过一项决议，说是为了保护贝加尔湖，计划投资一亿四千万卢布，立即修建一条长达76千米的管道，把污水排到伊尔库特河。为了修建这条管道，需要穿过一片原始森林，砍掉12至15千米的树。伊尔库特河河畔有一个很美丽的村庄，首先是这个村庄的居民强烈反对把污染转移到这个地区来，接着是科学家、作家、记者在报刊上发表文章，反对这个不明智的决议。他们把这个排水管方案称作林业造纸工业部门的"特洛伊木马"，是转嫁污染，也是不真正解决贝加尔湖问题的一个埋伏。大学生们更是走上广场、街头、车站，到处发表演说、组织签名，掀起了一场保护贝加尔湖的运动。开始，公安部门认为他们是极端分子恣意闹事，对他们横加干涉，还抓了几个人。这下更激起了人们的不满，事态扩大了，签名者越来越多，达七万多人。连铺设管道的工人也被说服，自动罢工了。开始，地区领导还想坚持原来的决议，邀集一些专家学者来论证这项措施，希望能为铺设管道找到一些科学论据。没想到专家学者们一致反对。他们认为，铺设管道不仅毁掉了伊尔库特河，而且注入安加拉河以后，会使西伯利亚这条著名的已被污染的河流污染更为严重。同时，铺设管道丝毫不能解决造纸厂的空中污染问题，废气照样在毁坏周围的森林及其生态系统。再说，国家拿出巨额资金来修建这项环境效益不大而又增加了新的破坏的工程，为什么不用这笔钱来加快造纸厂的转产改造呢？各方面的压力终于迫使政府重新作出决定，取消铺设管道的计划，把建设管道的资金用于污水治理，并把污染严重的造纸厂逐步转产为家具厂，同时对保护环境做出了新的规划。为了减少空气的污染，逐步用电力和煤气代替冒烟排尘的锅炉。

以上啰唆地写了这个故事，看似和风景无关，其实相连。我们今天还能看到的一尘不染的贝加尔湖，并非只是天然的恩赐。贝加尔湖也曾面临过肮脏的污浊，只是由于人民的力量，湖水才依然清澈。

航行至贝加尔湖深处，万尼亚拿出几个小戈比，发给我们一人一枚。我们问："干什么用呢？"

万尼亚说："看我的。"说着，他就一扬胳膊，把戈比投向远远的湖水。他说："把硬币交给贝加尔湖，然后许一个愿，不要讲出声来，就放在你心里。贝加尔湖会听到的，它会帮助你实现愿望，很灵的。"

我们感谢他的好意，依次把手中的戈比投向贝加尔湖。

我的那枚硬币画出一条流畅的弧线，边缘如切割原木的轮锯，划开贝加尔湖水晶般的湖面，缓缓沉入。正好轮船的航向略有改变，经过硬币沉没的地方。贝加尔湖的水非常清澈，我看到那枚褐红色硬币在碧绿的水草中飘荡，衬着垩白色的湖底岩石，宛如大幕前舞蹈的精灵。

至于我的那个愿望，不告诉你，只有贝加尔湖知道。

○ 在阿穆尔湾

请愿

Wan
An

　　不知俄式大菜是怎样的排场，但在我们赴俄罗斯旅游的海参崴阿穆尔饭店里，招待我们的食品是极为简略的。

　　从我国的绥芬河口岸过境，到达对面的俄罗斯小镇，是上午9点多。由于存在三个小时的时差，其实已相当于过午，一顿午饭就莫名其妙地被"差"过去了。俄罗斯的汽车不守时，像黄牛一样懒洋洋，一路上等车、坐车加修车，足足折腾了六七个小时，到达俄罗斯的远东重镇海参崴时，已经是当地时间晚8点。

　　大伙儿饥肠辘辘。

　　阿穆尔饭店是海参崴最豪华的饭店之一，坐落在宁澈的日本海阿穆尔湾，气势恢宏。宽敞的餐厅，布置得像远洋巨轮的船舱，墙壁上镶着金色的舵盘。一长溜铺着暗色条纹亚麻布的餐台上，摆着亮晶晶的碟子和叉勺……

从早上颠簸至今，胃像被冲洗一清的空白磁带，正准备录入充足的食物。

我们端正地坐好，像幼儿园大班的孩子一样乖，等着服务员上菜。

胖胖的俄罗斯大婶，一趟趟殷切地为各位端上食物。人们用刚刚学会的俄语不断地"思八西八（谢谢）"。一位早年间曾留学苏联的老者说，一共要上四道食品呢。

可是大伙儿很快就不用致谢了。俄国大婶已经安静地消失，餐台上只留下一排空碟子。

有好事者统计，已经上过的菜肴计有：第一道生拌墨斗鱼丝。每盘约有火柴粗细两寸长的雪白鱼丝二十余根，淡而无味，不撒咸盐，几乎无法进食。第二道为生番茄片。就是用那种比乒乓球略大一点的西红柿，切成三四片，摆在雪白的碟子里，花朵一般好看，用叉子一戳之下全部挑起来填进嘴里。第三道为每人一个貌似包子的油炸面团，发出很纯正的酸酵气味，一口咬下去，中间夹着半个剥了皮的土豆。我之所以不说它是土豆馅的包子，实在是因那半个土豆毫无油盐，完全还在原装的土豆之列，不能称它为"馅"。主食为每三四个人分得一盘黑面包，约有十余片，每人可得半厘米厚的面包片两三片。

大家便对第四道食物望眼欲穿，甚至有人说也许是热气腾腾的一大碗烩菜，内装五花猪肉、粉条、豆腐、大白菜……笑眯眯的俄罗斯大婶果然裹在一团热腾腾的雾气中驾临，递给每人一盏滚烫的——红茶。

于是晚餐宣布结束。

大伙儿大眼瞪小眼，不由得说："俄国人一天光吃这个，怎么能长得那么人高马大呢？著名的土豆炖牛肉呢？脍炙人口的俄罗斯红肠呢？起码黑列巴（面包）要让人吃饱吧？"

不过，红茶确实是甜香浓郁的。有人请翻译帮忙再要一杯。

笑容可掬的俄罗斯大婶说："要茶可以，但要付款，300卢布一杯。假如是自己到厨房去取，不劳驾大婶，价格可便宜一些，200卢布就行了。"

第一天初来乍到，大家不敢造次。看看再无甚"进口"的可能了，在个别人付款加饮了红茶以后，纷纷退席。

经询问，我们这餐饭的伙食标准为12 000卢布，约合人民币50元。大家纷纷说，我们连5元钱的食物也没能吃到肚里。

好在离开故国刚刚一天，各位都有些备战备荒的储备。回到客房，每人拿出方便面，打算自己开伙，这才发现饭店里全无热水瓶这一设施——俄罗斯人都是喝生水的。

因陋就简吧。把方便面揉碎，将一团团的碎块放进嘴里，像老鼠般咯吱咯吱地嚼着，用舌头干燥地搅拌着一仰脖，吞一口海参崴的自来水，让这"中外合资"的方便面到自家温暖的胃里缓缓膨胀吧。

平心而论，海参崴的自来水真好喝，清爽洁净，略带甘甜，像上好的矿泉水。

吃饱喝足，一夜无话。宿费为每人125 000卢布，约合人民币500元。被褥很干净，但其他设施就很寒酸了，没有电视机，只在墙壁上镶着一台小小的矿石收音机，好像二十几年前中国农村的大队部。

人总是对新的一天充满了希望。第二天早上，我们精神抖擞地来到餐厅，心想昨日到得晚，猝不及防，俄罗斯大婶们没有准备，今天让我们重新开始吧。

餐桌上摆着我们的早餐，好像是昨晚的食物没有吃完，在微波炉里烘了烘，又原样端了出来。

瞪大了眼睛，见也有变化之处。那个夹土豆泥的烤包子不见了，代之以一道凉拌黄瓜。

大家默不出声地落座。大约五分钟后，杯盘皆空。有人向俄国大婶要面包，胖胖的大婶一转身，从别的客人吃剩的桌上端来了半盘。他狼吞虎咽地吃了。

洁净的亚麻台布上，一排排吃得精光的白盘子，好像组成了一个卖瓷器的柜台。

大家舍不得离开餐桌，议论起来。

老这么着可不行，顿顿吃个半饱，跟旧社会似的。

我想了一个广告：你想减肥吗？请到俄罗斯的海参崴去。

是不是俄国人以为中国人肚子小，用喂鸟的食儿打发咱们呢？

真是想念祖国啊！生为一个中国人真是太幸福了，我们一辈子比俄国人要多吃多少好东西！

大家越说越感慨。人的嘴有两个功能，一是吃饭，二是说话。当第一个功能得不到满足的时候，第二个功能就空前地发达起来。刚开始是半带调侃地议论，渐渐地就义愤起来，围着中国方面的导游同仇敌忾地诉说饥饿。恰在此时，俄罗斯方面又通知说上午派不出车来，大家只有在饭店里闲坐。

群情开始激昂。

中方导游说，他还从未遇到此类情况，不知还会出什么意外。为了后面的旅游顺利，建议大家随他到海参崴市的国家旅游局去反映一下情况。

中国有句古话叫"吃饱了没事干"。现在大家是吃不饱没事干，把一腔恼火发泄给小导游，人家给出了主意，大家自然不能临阵脱逃。况且导游也是身在异国，势单力薄，我们理应助他一臂之力。再说，我们若是认可了这样的待遇，俄方对以后的来访团也许就更不负责了。无论于私于公，都该去说几句话。

于是大家簇拥着导游，像打狼的一样，成群结伙地在街上走。

海参崴风光旖旎，凉爽的海风像蓝纱巾一样迎面拂来。走着走着，我们欣赏起美丽的异国景色，几乎忘了自己是为什么走到街上来的。

一栋陈旧的红楼映入眼帘，这就是海参崴的国家旅游局。

我们一行约20人，相随进入红楼。导游小声介绍说，海参崴原有四家旅行社承办旅游业务，但后来统归这一家了，于是对旅游者相当不客气，反正你离了我就没办法。

我们在暗中相视一笑，感觉到某种熟识甚至亲切。只要没有竞争的地方，你就要碰到官僚的冷遇。

我们做好了思想准备，公推两位代表陈述原委。

中国是民以食为天的民族，吃不饱饭，尤其是交了足够的饭钱而不给吃饱饭，就会把肚子和面子联系在一起，叙述起来格外慷慨激昂。

对方接待我们的是一位年轻的俄罗斯女郎，据介绍是旅游局的副局长（他们也挺重视使用年轻干部的，我看女副局长的年龄不会超过30岁）。

俄罗斯真不愧是一个喜怒形于色的民族，长相清秀的女副局长听完导游的翻译后，立时柳眉倒竖，樱唇抖动，快捷的俄语单词像重机枪一般横扫过来。虽说语言不同，也看得出绝非从谏如流、虚怀若谷的良善之辈。

果然，翻译说，女副局长表示这很正常。车子派不出来，饭食也无法增加。理由是：你们的人虽然过来了，可你们的经费并没有同时打过来，你们现在吃的饭钱还是我们垫付的呢！我们很穷，没有钱，能给你们吃这样的东西就算不错了。

她双手一摊，做出无可奈何的样子。我们立即有人给她拍照。她一看照相机的镁光灯闪起来，就昂首挺胸，摆出雄赳赳气昂昂的英姿，以不失国家的威严。

我方翻译说，这其实不是理由。我们从来没有拖欠过款项，只是过境时又不能携带现金，两国支票兑付需要一定的时间。对于俄方的旅游团，我们都是盛情款待的……

女局长依然说，我们没有钱…

这倒是实话。在其后的日子里，我们着实领教了俄罗斯远东地区的食物短缺与昂贵。1千克红肠需2万多卢布，合人民币近100元；1千克西红柿要人民币30多元。我在集市上，用1 000卢布买了一种不认识的紫蓝色小浆果，约合人民币4块钱，只有小小的一捧，装在一页旧书折成的纸包里。果子的味道极酸，便有些后悔，但后来又感觉很有价值，因为翻译告诉我，这种不起眼的樱桃大小的果子，就是俄罗斯文豪笔下赫赫有名的醋栗。

面对海参崴市国家旅游局女副局长摊开的双臂，我们这些请愿者只有无望地退出。

走在街道上，我们又自我解嘲地笑起来。大家说，他们完全不把客人当上帝呢，觉得是我们给他们找了麻烦。他们旅游局的分配体制一定是大锅饭的，所以根本不怕客人不满意，也不怕从此没有人到海参崴来旅游。

突然有一个人讲，你们说，旅游局女副局长的态度是不是和我们前几年官商的态度有几分像？

大家齐呼，太像了。

于是大家说，俄罗斯真是非要改革不行。不然，连一个小小的旅游者吃饭问题都解决不了，还谈什么更大的开放呢？

我们只好不再怨天尤人，只怪自己到海参崴来的时间太早了一点——等他们改革好了再来，不是既可以欣赏到优美的景色，又可以不让肚子受委屈了吗？

我们在街上买了韩国的小点心充饥。不知是饿了，还是韩国的点心确实精美，总之感觉好极了。

当我们已经绝望的时候，餐桌上出现了奇迹般的变化。第二天早上，我们每人除了常规的墨鱼丝、黄瓜条、包子、红茶以外，大婶又端上了一盘硕大的鸡腿。当我们抹着油光光的嘴唇准备退席的时候，大婶又给每人端上了一个大盘子，盘内计有三个煎蛋和三两以上的炒饭。

这一回，轮到我们犯难了。不吃吧，这是大家集体请愿的结果，虽说信息反馈得比较慢，总不能出尔反尔；吃了吧，实在是超出了中国胃的负荷。

　　不知谁说了一句，俄国人最腻烦吃饭剩东西了。假如你剩饭，他就觉得你是吃不了，下顿饭就会给你上得少多啦！

　　于是人们相互鼓励着，相互援助着，把所有的煎蛋和米饭都吃完了。

　　从此，我们每顿饭都能吃饱了。

○ 浮潜

Wan
An

加勒比海

　　美国本土的最南端，佛罗里达州的基韦斯特岛。我和翻译安妮在夜半时分到达，乘一辆吉普车似的小飞机降落在机场。机场很小，如同郊外的长途汽车站。甚至没有人查验行李，自己动手从传送带上取下行李，然后一头钻进被腥热的海风泡软的黑暗中。

　　安妮说，你等一等，我去取车。

　　接待方计划安排得很周到，考虑到小岛上交通不便，特地为我们租了一辆车。安妮从机场问讯处取到了一个密封信封，撕开信封就见到了车钥匙。我们拿着钥匙，拉着行李，到机场前面的停车场去找我们的车。那种感觉好似要进山打猎，有一杆枪和一只属于我们的狗，正在不远处的山脚下等待着新主人。

很快找到了我们的车，一辆红色的雪佛兰。进到车里，很洁净。我说，好像是新车。安妮说，这是美国最普通的车，旧了便租不出去。安妮飞快地驾着车，在寂静的渺无一人的沿岛公路上，雪佛兰如同一颗红色的保龄球，快乐地向前。我们找到下榻的旅馆，一栋美丽的白色建筑。因为抵达得太晚，管理人员已经入睡，录音中留给我们的信息是：××号房间的钥匙，压在门口的脚垫下。祝你们晚安。

在脚垫下摸到了钥匙，走进门，如同刚孵出的小鸡一样的嫩黄色扑面而来。屋顶是黄色的，墙壁是黄色的，连同卫生间所有的瓷砖和洗手盆，都是杏黄色的。这种黄色让人先是不惯后是惊喜。对于中国人来说，明亮的黄色有一种潜在的禁忌，在漫长的时代属于皇室，凡人一眼见到，有一种消受不起的惊慌。

然而，还是从心底喜欢，葵花般的兴奋。

由于太晚，料定没有晚饭可吃。刚才在路边的小店买了一种鱼肉做成的沙拉。我和安妮各自住下，我开始吃沙拉，有海水的味道，细腻软滑，浇了一些莫名其妙的汁液，酸而辛辣。

第二天，我们先去参观海明威的故居。街上有很多酒吧，好像每一座酒吧海明威都曾在里面喝过酒。到了一家据说是海明威最常去的酒吧，我们要了一杯酒，据说这也是海明威最爱喝的。我一边喝着，一边觉出自己的可爱与可笑。已经这把年纪了，像是追星的少年。名人坐过的地方，自己也要安放一下屁股。不管海明威喝着这种饮料听到水手讲了多么动人的故事，不论海明威在这种饮料的刺激下萌发了怎样的灵感，我还是要说，那种饮料对我的舌头来讲，一点儿也不舒服。

缓缓地踱步。在这样的地方快步走，暴殄天物啊！一辆废旧的汽车，浑身贴满了闪亮的瓷片，仿佛无数妖魔闪着银亮的脸，对着天空和海卖弄风情。我说，这是什么？安妮说，这是居民的创造。他们在玩，喜欢瓷片，觉得瓷片好玩，就把它们贴在旧汽车上，让过往的人也欣赏他们的杰作。

我点点头，表示明白，一边在想，不知道我的国家的人民何时能有这份雅兴？

除了参观海明威故居，我们在这座岛上就没有固定的安排了。安妮说，我们怎样来度过这两天？我说，随缘吧。我们就在路上走，看到什么好玩的事，我们就去参加。

于是我们就像两个真正的观光客，懒懒散散、慵慵怠怠地在路上走。我们先是沿岛转了一圈，在美国最南端的标志前照了相，然后在路边无数的小店流连忘返。这是一个纯粹的旅游胜地，店铺也很有特色。我姑且把它们称为"专卖店"。这种"专卖"和一般的理解有所不同，不是专卖男装、女装或是电器，而是专卖"螃蟹""海龟"或是"鹦鹉""壁虎"……这么说吧，你看到一家门楣上镶着一只螃蟹，你走进店门，就会看到各种质地、各种形态、各种样式的螃蟹，比如瓷的、布的、塑料的、玉石的、钢铁的、玻璃的……仿真的、卡通的、夸张的、写实的……红的、绿的、紫的、白的……站着的、趴着的、俯仰的、侧卧的……你会觉得全世界的螃蟹都接到了紧急的命令，到这里来集合，以供每一个游客检阅。看到如此多形态各异的同一种生物，会感觉到造化的神奇和人的想象力的丰富。自然界的螃蟹再稀奇古怪，也是大同小异的，只有人的想象才使螃蟹变换出如此庞大的家族，演绎出万千气象。每一只螃蟹都非常可爱，令人恨不得全部囊括回家。可惜银两有限，只买下一只红色的塑料螃蟹，直径约有半尺，肚腹处一捏，会吱吱作响。心想这样大的个头，如果煮熟的，要卖大价钱。但吱吱响，就有些莫名其妙，权当螃蟹的肚子里寄居了一只小老鼠吧。

我们继续走。岛上有很多T恤店。

观光手册上写着，在专卖店中，最受人欢迎的是请店家在素色的T恤上加印自己喜欢的图案或是花样，只是价格会因商家的不同而有很大的差异。虽然也有很多相当有良心的店，但也会有一些店家以强迫的方式逼游客买货。通常一件T恤是12美元，若买得较多，店家会打折。所以购买时一定要砍价，若觉着价格太高不可接受，就应坚决地拒绝。找回的零钱也必须仔细核对清楚，还须留意税金的问题……

这本观光手册是日本出的，看来他们为自己的同胞设想得真够细致周到。

和安妮进了一家小店，店里是五颜六色的T恤衫。

我们还没来得及浏览，店主就迎过来说，你们是日本人吗？

我说，不是。

他又说，你们是韩国人吗？

我说，不是。

他突然就很高兴地说，那你们一定是中国人了。

我说，是啊！

他说，我也是中国人啊！

轮到我惊骇莫名。无论从哪个角度来说，他的模样都和中国人相差太远。我说，真的吗？

他说，当然是真的。我的祖父是中国人，我的祖母是巴西人。我出生在巴西，后来我来到了美国。我的叔叔和表哥、表姐都长得很像中国人，只有我，一点儿都不像。我很苦恼，可是也没有办法。我总是对别人说，我是中国人，可是大家都不相信。看来，你们也是这样，我很伤心啊！我要证明给你们看。

说着，他掏出了一份证件，说，你们看了这个，就会认我是中国人了。

我拿着他的证件颠来倒去看了半天，还是不知道从哪里看得出他有中国人的血统。他说，你看，我的姓里有"VHANH"的拼法，我的祖父姓张。他说过，无论你们最后成了哪国人，都要有这个"张"字。

那一瞬，我很感动。我说，老乡，那么，我们来照一张相吧。他说，那太好了。这里是旅游胜地，是富人们来的地方。可是我从未在这里见到中国人。今天看到了你，看来今后我会在这里遇到更多的中国人了。

于是我们合影。合影之后，友好地分手。然后，我慢慢地走，很久默默无言，连买T恤衫的兴趣都烟消云散。我对安妮说，这条街上，有各种专卖店。以后，中国人来了，可以在这里开一个从未有过的专卖店，生意一定会非常红火。

安妮说，卖什么呢？

我说，卖"熊猫"啊。这条街上，有卖"马"的、卖"猴子"的、卖"山羊"的，甚至卖"蝎拉虎子"的专卖店，怎么就没有一家卖"熊猫"的专卖店呢？要知道，美国人是很喜欢熊猫的啊！从中国进货，各种"熊猫"，塑料的、铁的、不锈钢、瓷的、棉的、绣花的、毛绒的、竹编的、泥雕的……应有尽有，琳琅满目，品种繁多，绝不输给这街上其他任何一种物品的专卖店啊！

安妮也兴奋起来，说，那是一定的。

岛上有一种小火车，样式很像早年的蒸汽火车，其实是电动的，在岛上蜈蚣一样慢慢爬行。火车司机兼任解说员，随着车轮的进程，向游客们介绍岛上的风土人情。路过一栋木结构的白色小屋，他就介绍说，这里是"奥杜邦纪念馆"。奥杜邦是有名的大学者，尤其在鸟类的研究方面很有建树。据说在馆内陈列着奥杜邦亲笔所画的鸟类的素描。又路过了一座"灯塔博物馆"，它本身就曾是一座灯塔，建于1894年，据说里面陈设着航海图和早年间灯塔的实用物品。在马洛里街区附近，可以看到名为"小白宫"的建筑——一栋精美的白楼，1946至1952年，由于美国第33任总统杜鲁门时常带着家人和随从到这里来居住，因此得名。

导游看来是很尽职的，说话也有特点。不过，这位司机兼导游给我的印象不大好。因为我不通英语，每逢他说完一段介绍的话，我就要请安妮帮我翻译。我们交谈的声音很小，但导游认为还是影响了他的工作，对安妮说，要她停止为我翻译。安妮很不高兴，说，你们既然不能提供各种语言的翻译，就不应该阻止游客自我服务。导游很会发动群众，面对着小火车上的乘客说，他这样做是为了更好地为大家服务。我赶快劝安妮，说不要因为我坏了大家的兴致。毕竟面对着如此美丽的风景，以心态的平稳为第一重要。

于是，没有了翻译，在以后的长约一小时的旅行中，我如同失聪的人，只凭自己的一双眼睛欣赏周围的风光。最让人心旷神怡的是岛上的建筑，都是白色的，雪白如贝壳，蓝天之下，耀人眼目到眩晕。

下了小火车，我把憋在心里许久的问题倒出来，为什么所有的建筑都是白色的？是否这里有统一的规定？

安妮说，没有。因为从美学的角度出发，这座岛屿上的建筑以白色最为艳丽。为了维持岛上的景观，所有的人都默默地遵守着这条不成文的规定，没有人违反。

这一点让我在意外之余很是感动。美国是一个非常讲求个性化的地方。在其他的小镇，你可以看到，几乎没有一座建筑是雷同的，千奇百怪，呼风唤雨，每个人都在极力张扬自己的个性。但是在这里，不管是自发还是统一规定，反正所有的人都严格地执行着"白色主义"。在成千上万座建筑上，我没有看到任何一座不是白色的外墙。也许屋里依然色彩纷呈，但是，房屋的外观一律是像鲨鱼牙齿一般的莹白。

海明威的故居也参观了，街道也浏览了，小火车也坐了，剩下的宝贵的一天，干什么？我们在街上的海报中看到了"加勒比海潜水"的项目。身穿潜水服的蛙人吐着大如牛眼的泡泡，身边萦绕着礼花般灿烂的热带鱼，引人遐想无限。我和安妮几乎是异口同声地说，走，咱们潜水去！

潜水教练室在一个曲曲弯弯的小巷里。不知为什么，我和安妮往里走的时候，不安的感觉云雾般袭来。当我把这种想法说给安妮的时候，安妮说，毕老师，我也正想告诉你，我有一种不祥的预感。

我们面面相觑。但是，我们都不是轻易服输的女人，马上就要到潜水教练的办公地了，哪里能打退堂鼓？

潜水教练是一个长着大胡子的高大男人。他嚼着口香糖，漫不经心的样子。他先告知我们，潜水训练需要6个小时，要交纳110美元。我们点头应允，他的热情才高涨起来。我估计他原本以为我们只是一时兴起，随便来打探一番，没想到两个看起来散淡的东方女人真要潜入海底，并非只是说着玩的。

他拿出一摞厚厚的表格，要我们一一填写。那项目真是详细，从你幼时得过何种疾病到祖上的健康状况，都一一涉猎。有无心血管疾病？有无脑血管疾病？有无糖尿病？有无癫痫？有无心肌病？有无关节病……密密麻麻的病名，直看得我这个医生出身的人都惊出了一身薄汗。安妮来得爽快，在所有的病名后面画一个大大的括号，然后写一个大大的"No"字做结。我却没有这番利落，因为表中有几条询问让我觉得须郑重对待。

其一是：你是否有过在高速下降的电梯中耳鸣的经历？

其二是：你是否有过在飞驰的地铁中耳鸣的经历？

其三是：你是否有过在密闭的车厢内耳鸣的经历？

我对安妮说，不幸，我都有过。请你帮我询问一下，这对于下潜是否有影响？

安妮询问。潜水教练回答说，这说明你的中耳和内耳的机能不良。这对于下潜有很大影响。教练说完这些话后，又拿出一张表格让我们填写。安妮看完之后，很是生气。

我说，这上面写着什么？

安妮说，这是一份具有法律效力的文件。如果我们签了字，就证明我们对于下潜中所发生的一切问题都后果自负，和他们没有任何关系。

我说，那么，他们负何种责任呢？

安妮说，他们不负任何责任。

安妮和潜水教练理论，教练海盗般地微笑着，一言不发，脸上所有的笑容都写着一句话：这里我说了算！

安妮慢慢地抓起那几张我们填写过的纸，认真地把它们揉成一团，丢在了地上。

如果我们死在潜水的过程中，他们是不负任何责任的。我是你的陪同，要对你的安全负责，单是这一条，我们就不能在他的文书上签字。安妮对我说。

我说，安妮，你做得很对。我们都有直觉，还是相信我们的直觉吧。离开这里，到安全的地方去。

我们又走在洒满热带阳光的大路上，欢快如初。我们后来找到了乘坐游艇出海的项目。这次不是深潜，是浮潜。也就是说，游艇将游客运送到加勒比海湾内的某处珊瑚礁，让游客们佩戴好蛙鞋和潜水呼吸管，戴好目镜，然后从游艇的中央楼梯下潜，在海中停留约半小时后，再返回游艇，返回海岸。

我买了一件游泳衣，是棕色格子带裙边的，穿上很有趣，有一点像冬天的风衣，很御寒的样子。安妮的泳衣十分漂亮，我们两个在游艇上，一言不发地看着周围的人。他们多是来自美国各地和欧洲的游人，成双成对者居多，看来是夫妻到这里度假的。白种人的皮肤按说是很怕晒的，可安妮说，在美国，如果谁能在周一上班的时候，携带着这种被热带阳光晒得红艳艳的皮肤出现在大家面前，那么大家都知道，他飞到佛罗里达度假了。这是很有面子的事。所以，几乎所有的美国人都趴在甲板上像晾鱼干一样翻晒着自己，唯有我和安妮躲在阴凉里，喝着加冰的可乐。

终于到了蔚蓝海水中的珊瑚礁。我迫不及待地潜下水。哈！真美丽啊！无数的热带鱼在身边掠过，它们经过我的皮肤的时候，好像羽毛刺透丝绸，一种爽滑，一种让人心痒的酥麻，我翻动着自己因为穿了蛙鞋而变得长大丰硕的脚掌，觉得自己像个水怪。倒是热带鱼们见怪不怪，悠然自得地嬉戏着。

那天返航的时候，我和安妮看着天边的云霞说，我们终于潜到了加勒比海的水中，我们还活着，这就很好。

○甲虫

Wan
An

冰激凌

　　芝加哥可真冷啊！从机场出来，寒风一拳砸了过来。真想头也不抬随便撞进哪家饭店，有热牛奶就是天堂。可惜，不行啊！按照计划，我们必须在当天晚上赶到美国伊利诺伊州的小镇弗里波特。

　　乘坐"灰狗"客车，在暮色苍茫的美国中部原野上疾驰。树叶红黄杂糅，现出凋零前不可一世的瑰丽。广阔的土地，远处有高大的谷仓……

　　从青年时代起，每当面对巨大场景的时候，我就有一种轻微的被催眠的感觉，好像魂飞天外，被一种超自然的力量所震慑。我会感到人是这样的渺小，时间没有开始又没有终极，自我只是一个微不足道的点，在太阳的光线之下蒸发着……我在西藏的时候，常常生出这种感念，这次，是在美国的旷野，突如其来地降临了这种久违的感受。我就想，每个人的历史，如同嗜血的蚂蟥，紧紧地叮咬着我们的皮肤，随着我们转战天下。也由此，我深深地记住了伊利诺伊州的黄昏。

我们乘坐玛丽安夫妇的车到达岳拉娜老人的家的时候，天已黑得如同墨晶。

在黑魆魆的背景下，老人的窗口如同一块蛋黄晕出轮廓，花园的树丛像一只只奇异的小兽，蹲着、睡着。玛丽安夫妇把我们放在花园小径的入口处，就告辞了。

家中有孩子，在等着我们做晚饭。他们说。

我本来以为同是一个镇子的乡亲，玛丽安夫妇接到了我们，把我们平安送达到了岳拉娜老人的家，他们之间会有一个短暂的交接仪式，把我和安妮像接力棒似的传过去。但是，没有，他们的车在黑暗中远去，留下我们在一栋陌生的房屋门口。

岳拉娜是一位有趣的老人，她已经87岁了。这是车开动以前，玛丽安留下的最后一句话。

天哪，87岁！真是一个很大很大的年纪了。我甚至在想，这样大的年纪了，为什么还愿意招待外国人？怀揣着疑惑，拖着行李箱，我们走到这栋别墅式住宅的门口。在电影中，此时的经典镜头是双扇门嘭地打开，灯光泻出，好客的主人披着屋里的暖风和光芒迎了出来，热情的话语敲击耳鼓……但是，没有。也许是因为车子停靠的地点比较远，也许是老人家的耳朵比较背，总之，当我们以为房门会应声而开的时候，房门依然紧闭。

寂静中，有一点凄凉，有一点尴尬。很久以来，可以说自从踏上美国土地的那一刻开始，我就在等着这一次的经历。在普通的美国人家中度过几天，是令人神往和想入非非的。在介绍行程的册子上写着，岳拉娜老人是一位农民，于是我想到了黄土高原的老大娘和无边无际的金玉米，虽然我知道这会是完全不同的场景。

有一百种想象，就是没想到在漆黑的夜里，站在陌生人的门口，等待着叩响无言的门扉。

安妮轻轻地敲打着门。可能是太轻了，没反应。安妮加重了一点手指的力量。门开了。

岳拉娜是一位驼背的老奶奶，穿着粉红色的毛衣，下身是果绿色的裙子，看得出，老人家为了我们的到来是专门做了准备的。她的目光有一点严厉，和安妮的寒暄也不是很热情，虽说言语不通，我也看得出，她有些不满，甚至是在责备我们。

安妮笑笑对我说，她说我们到得太晚了，她在为我们担心。晚餐早就做好了，她一直在等我们，都快睡着了。

我立刻从这种责备中感受到了家的温暖。是啊！从小，当我们玩得太晚回家的时候，你还指望在第一时间得到的是温暖的问候吗？通常的情况下，你收获的肯定是责备。唯有这种责备，才使你得到被人惦念的感动。

老人用极快的速度端出了晚餐，看来，她是个身手麻利的人。首先映入眼帘的是一盆深红色的豆子汤，汁液内有若干的漂浮物，看起来黏稠而复杂。安妮问，这是什么煮成的？

岳拉娜老奶奶正在操作的手被问话打扰，有些不耐烦地说，这是豆子汤。

安妮询问的积极性并未受到打击，我知道她是为了我，让我能更多地了解到美国普通民众的生活，包括他们的食谱。于是，安妮锲而不舍地问，豆子汤是怎么做出来的呢？

老奶奶露出不胜其烦的样子回答道，就是用豆子——红豆子煮的呗，里面要加上猪肝和鲜肉，要煮很长时间。到底要多长时间呢？安妮问得真详细，让人疑心她以后要依样画葫芦地也烧一碗豆子汤。

老奶奶看来是被这样的穷追猛打闹得无计可施，只好停下手里的盘碗，认真地想了一下回答道，要煮八个小时。如果你没什么事，不妨煮上一天，时间越长，越好吃。

好了，问到这里，算是告一段落了。安妮不易察觉地向我递了一个眼神，意思是——关于这道汤，咱们是明白了。

我点点头。我不想让老奶奶觉得安妮是一个弱智的孩子，我知道，安妮这是为了让我多一些感性的知识，我愿和安妮同甘苦共患难。于是，我带着夸张的表情说，八个小时，甚至还要多！这是很难做的汤啊！

没想到老人家一点也不领情，撇撇嘴说，有什么难做的？普通的汤而已！

于是我和安妮意识到，在这样一位历尽沧桑的老人面前，最好的尊重就是封起嘴巴，睁大眼睛，竖起耳朵。

主食是老奶奶自家烤的香蕉夹心面包，非常香甜，好吃极了。

我和安妮埋头吃饭喝汤。一是饿了，二是不知这倔老太太爱听什么。依目前的情况来看，我们埋头吃饭，就是她最高兴的事了。

饭后上的甜点，是老人自己做的红草莓冰激凌。在晶莹的冰激凌碗里，我一眼看到一只红黑相间的甲虫。它甚至还是活的，虽然被寒冷和糖分腌得萎靡不振，但从冰箱来到了温暖的餐桌，在明亮的灯光照耀下，渐渐地恢复了生机，收敛的翅膀也扇叶般地张开了。

一只甲虫。安妮眼尖，最先发现，叫起来。

我也看到了，小声重复着——一只甲虫，好像，是瓢虫。

岳拉娜老奶奶说，是的，肯定是瓢虫。虽然我看不清，可我知道它是瓢虫。红草莓是我从自家的花园里摘的，下午才摘的，很新鲜。在草莓的叶子里，经常有瓢虫，还有一些不知名字的虫子。我的手，就在摘草莓的时候被虫子蜇伤了。

老人说着，把她布满老年斑的手伸到我们面前。那一刻，我和安妮无言，连礼貌性的惊诧和同情都忘了表达。一只苍老的手，手背处红肿得像个小面包。为了远方的客人，老人家从早上就开始煮红豆汤，下午又到花园里摘新鲜的草莓。

这只瓢虫是可以吃的。老人没注意到我们的感动，颤颤巍巍地把瓢虫送到嘴里。我想，这种吃法一定来自一个世纪以前。

饭后，老人领着我们参观她的家。这是她花了两万美元买下的老年公寓的租住权。也就是说，只要她在世，就可以住在这所房子里。如果她感到自己需要人照顾了，就可以付出较多的费用搬到有专人护理的楼舍里。如果她的身体进一步衰退，就要住到老年医院里去，一天24小时都有医生护士照料。当然费用也就更高了。在老年公寓居住的老人，只拥有房屋的使用权，如果他不幸去世了，房屋就由老人中心收回，老人的家属和后人不再享有房屋的继承权。

客厅很大，有专属于老年人的那种散漫的混乱和淡淡的陈旧气息。在客厅最显著的一面墙上，挂着很多盘子。

这是我年轻时周游世界的时候买的。每到一个地方，就会买一个那里的盘子。每当看到这些盘子，我就好像又到了那些地方。岳拉娜老奶奶一边指点着，一边很自豪地说。

我看到了北美风格、南美风格、欧洲风格和亚洲风格……还有不知是哪里风格的盘子，它们挂在墙上，好像很多只眼睛，眨着不同的风情。

你看，我还有一枚中国的印章，那是我在上海刻的。你可以告诉我，它在汉字中是什么意思吗？老奶奶说着，拿出一个锦缎的小盒，小心翼翼地打开来。

我看到了一方并不精致的印章，刻得很粗糙，石料也不名贵，总而言之，是在旅游旺地小摊上常见的那种简陋蹩脚的货色。看到老人那么珍爱的神情，我也显得毕恭毕敬。

这是什么意思？老人指着"岳"字。

这是山峰的意思，高高的山峰。我说。

哦，山的意思。那么，这个呢？老奶奶又指着"拉"字。

我沉吟了一下，觉得这个"拉"字实在是不易解释。就算我勉为其难地做出一个动作，解释了"拉"，但马上她又要问起"娜"，我可就真说不上来了。看着老人求知若渴的样子，我可不敢扫了她的兴。这样想着，我就说，在汉字里，有一些字是必须连起来用的，不可以分开。您的名字中的"拉娜"这两个字就是这样的，它们连起来的意思就是——美丽的女孩。

美丽的女孩？岳拉娜老奶奶重复着，重复着。

我说，对了，就是这个意思。您的名字整个连起来念，意思就是——站在高高的山上的美丽女孩。

我说完，看着安妮，给她一个清晰的眼神。安妮，你可千万别揭穿我的解释。

安妮低下头，我看到她在悄悄地笑。

这真是很有意思的名字。好啊！我很喜欢我的名字的中文意思。我要把它告诉我的好朋友。岳拉娜老奶奶心满意足地说。

老人蹒跚着，指给我们看卧室和卧具。两张并排的单人床，好像幼儿园大班小朋友的宿舍。床上铺着雪白的绣花床单，熨得平板如铁，好像用米汤浆过。

这是60年前的床单了。我那时刚刚结婚，一下子就买了两条，一直用到了现在。

我和安妮熄了灯。在黑暗中，我对安妮说，我从来没有在一条有着60年历史的床单上睡过觉。

安妮说，不知我们会做好梦还是做噩梦。

我想会是好梦吧。

那一夜，睡得很沉，什么梦也没有做。早上醒来，天空把空气都染蓝了，岳拉娜老奶奶要带我们到教堂去。

她把车库的门打开，开出一辆墨绿色的捷达车。老奶奶穿了一套杏绿色带条纹的羊毛衫裙，很高兴地发动了车。

我这辈子还从未坐过一位87岁的司机的车。我悄声问安妮，这么大岁数的司机，还让上路啊？

安妮说，你是不是不放心？没事的。我昨天同老奶奶聊天，得知她已在这镇子上住过几十年，所有的路，她闭着眼睛也开得到。再说了，我估计所有的村民都认识这辆墨绿色捷达，看到老奶奶来了，都会让她三分的。

教堂很近，但车走得很吃力。安妮悄声对我说，老人家的手刹一直拉着，没放下。安妮是一个非常优秀的司机，对这种情形简直如鲠在喉。我要告诉老人家。安妮说。

我说，不可。

安妮说，为什么？这样对车是很大的磨损，而且也不安全。

我说，你刚才不是说过了吗？在这样萧条的小镇上，是不会有什么危险的。如果你说了，老人会不高兴的。不如你找个机会，悄悄帮她拉起手刹。

安妮说，我还是要告诉她，我已经闻到橡胶的煳味了。

于是，安妮就对岳拉娜老奶奶说了关于手刹的事。果然，老奶奶没有一点感谢的意思，气呼呼地说，我的手刹没问题。然后，她就很生气地继续向前开车。

安妮不再吭声。我对安妮说，一只老母鸡哪里肯听一枚鸡蛋的教训？这下你明白了吧？

安妮说，可我明明是为了她好。

我说，为了她好，就让她感到高兴吧。手刹不拉起来，当然是不好，可是你告诉了她，手刹还是没拉起来，老人家还很生气。你想想吧，究竟怎样更好？

安妮说，你这样一讲，我就把另一句到了舌头边的话压回去。

我说，怎样的一句话？

安妮说，我看到岳拉娜老奶奶的羊毛衫背后有一片污迹，好像是洒的菜汤。说还是不说？我决定不说了。

我说，安妮，我赞成你把这句话忍回去。老人家的眼睛实际上已经看不到这样的污迹了。在她的眼睛里，杏绿色的羊毛衫是很美丽的，她很想在我们的眼中也是美丽的。我们就帮她维持住这样的想象吧，这也许是比说出真相更难达到的关切。

这样嘀咕着，乡村的小教堂已经到了。

大家穿得都很漂亮，教堂里弥漫着温暖的气氛。牧师在一系列的宗教仪式之后，说，在过去的一周里，谁家有亲人生病或是逝去，或者是自己的伤感和悲痛的事件，都可以在这个场合与大家分享哀伤……

我看到身边的岳拉娜老奶奶跃跃欲试。我有点奇怪，从昨天到今天，老人家的情绪一直很正常，她有什么伤心事呢？

果然，牧师的话音刚落，岳拉娜就猛地站起来，动作之敏捷和她的年龄都有些不相称了。全场的目光聚向她。她深吸了一口气说，我有一件事要向大家报告，我的家里来了两位客人，她们是东方人，是从遥远的中国来的……

老人讲得很是得意，但全场有一些骚动。因为众人的心里是预备听到一个忧郁的信息，但岳拉娜老奶奶实在是喜气洋洋的。

老奶奶一边说着，一边示意我和安妮站起身来，向全场人打个招呼问好。我们站起来，向大家微笑。

稍有一点尴尬。我猜，老奶奶一定是从走进教堂的那一刻就期待着站起来报告自己家中的事情。她根本就没听到牧师的话，不知道自己现在有点不合时宜。

场上安静了片刻，大概大家也需要一点时间调整情绪。好在人们很快就把肃穆的表情变成了笑脸，回应着我和安妮。

然后是大家为海地的饥民捐款。礼拜过后，在教堂的小图书室里，还有一个小小的活动。

这个小小的活动是对正在放映的一部关于死亡的专题片发起讨论。大家围着一张橡木长桌子坐着，桌上摆着几碟香喷喷的小点心。我发现在讨论开始的时候，没有人吃这些点心。当讨论到某一个时刻的时候，大家都不由自主地吃起点心。我知道，那是这个话题引起了众人普遍的焦虑。

今天讨论的题目是《死亡是一关》。

在美国，正在发起"进一步了解死亡"的运动。随着现代社会的发展，死亡被隔绝在白色笼罩的医院里面，死亡变得神秘和恐怖以及不可思议。因为技术的发达，使死亡的过程变得漫长，使人们在死亡面前反倒丧失了尊严。人们需要优雅宁静的死亡空间，这最好就是在家里。

这部电视专题片，说的就是怎样死在家里。有人说，美国人是一个非常怕死的民族，因为这里无灾、无饥，也无战争，死亡好像很遥远。大家害怕死亡，不愿看到死亡，就把死亡封闭起来。现在，美国人勇敢了，把死亡从白色的囚笼里放了出来，在光天化日下讨论。

一个男人说，死亡对财富和精神都是巨大的打击。

听的人频频点头。我觉得这是一个很有趣的说法。这句话的主语是谁呢？想必不是指那个死去的人。他已经不在了，无所谓精神还是财富。那么，这句话指的就是活着的人了。死亡对精神是巨大的打击，我可以理解。但是，对财富……我就有些不大明白了。

另一个人说，死亡时，最重要的是要让人们知道爱。无论是那个死去的人，还是活着的人，都要知道，有人爱着我们，我们的爱也已被接受。

讨论的形式是看一段录像，大家交谈一番。专题片上出现了一个濒临死亡的人，可能是忍受不了疾病的痛苦折磨，或者是被无望的等待煎熬得心烦，他对前来看望他的医生说，我为什么还不死呢？快让我死了吧！

看到这里，我有点替那个医生着急。面对这样的病人，你该如何回答呢？安慰吗？故意说些乐观的话？王顾左右而言他？

似乎都不是好办法。如果我在现场，无奈之中也许会佯装未曾听见，转身就走。但我知道，濒临死亡的人有一种属于死亡的智慧，你骗不了他。

正心焦着，只听得屏幕上的医生和颜悦色地对濒死之人说，你的时间还没有到。时间到了，你会死的。我以为那个病人会痛苦，没想到，他反倒安静了。

到了下一个镜头，那个人就要死了。他的至爱亲朋围着他的病床，坐成了一圈。人们轮流低低地对他说着什么。我悄声问安妮，他们对他说什么？

安妮说，他们在给他讲故事。

我说，是关于死亡的故事吗？

安妮说，不是，是关于爱的故事。

后面的镜头，就是那个人死了。他的家人把他的骨灰撒到芦苇丛中，一边撒，一边念叨着："你从这里来，你还到这里去吧。"

专题片最后表达的主旨是，死亡的人和他的家庭都需要帮助。死亡的人去了，但生活依旧在继续。镜头上，前面出现过的那位医生，又到死者的家中去了。在沙发上，以前出现过死者和医生谈话的情景，现在，一切依旧，只是那个人不在了。画面变换出某种模糊的镜头，在沙发的那一头，死者微笑着坐在那里，瞬忽间又不在了，只剩下枯寂的沙发。但是，生活还在向前走着，可以看到，他的家人已经逐渐从悲哀中走了出来。

这不是一个轻松的节目。由于电视的直观性，死亡变得更清晰和没有距离感。我觉得观看的人心情很不平静，但大家都很努力地看着，思索着。

安妮说，毕老师，这一路，我们似乎总是离不开死亡的话题。有的时候，我真的感到承受不了，想跑到大街上、阳光下，呼吸正常的空气。

我说，是啊。我也有这种窒息的感受。死亡原本是很正常的事情，正是我们把它弄得不正常，这是普遍的过错，现在要开始纠正它啦！

从教堂出来，时间已经不早了，岳拉娜老奶奶征询我们到哪里吃午餐。有两个选择，一是回家，她给我们做午餐；二是到老年中心，吃老年人的聚餐。饭票是6.25美元。

我和安妮选择了后者。让一位87岁的老奶奶做饭给我们吃，心里的不安宁，再可口的菜肴也会变成对胃的压迫。况且，我也非常想知道老年中心的饭菜究竟怎样。

餐厅充满了粉红、嫩绿、湖蓝、奶黄等娇俏的颜色，还有许多有趣的小玩意儿，让人一点也不感到衰败和颓唐。老人们陆续到了，大家围坐在长方形的餐桌旁，盛菜的盘子在众人之间传递着。

食谱有黄油、饼干、面包、猪排、炒豆角、煮甜萝卜、炸红薯、蓝莓派等。

营养是足够，味道却实在不敢恭维。不管是什么主料作料，都是黏黏糊糊一派混沌，比起中餐的色香味俱全来说，天上地下。端盘子的是一个身材高大到你可以怀疑他是篮球中锋的青年，两只眼睛的距离较一般人要远些。盘子在他手中仿佛都是纸片。他的笑容很单纯，初看之时，充满天真，看得多了，就觉出刻板。安妮小声对我说，他是一个智障青年。

我说，那为什么让一个残疾人来服侍老年人？

安妮说，在美国，人工是很贵的。服侍老年人也不是非常复杂的工作，经过训练，智障人士也可以学会日常操作，而且他们会非常尽职尽责，热爱这份工作，这不是各得其所吗？

我对于纯粹的美国饭最好的摄入状态是达到半饥半饱。照这个标准来说，我这顿饭吃得不错。

饭后，岳拉娜老奶奶载着我们在镇子里游荡。我之所以说游荡，是因为老人家并没有一定之规，开着开着一个急刹车，原来路口正是红灯，她没有看到。吓得我们赶紧把安全带绑得紧紧的。

在小镇的博物馆里，我看到很多妇女缝制的工艺被子，很像我们的百衲衣，由很多碎布拼接起来。只不过那些碎布不是从一家一户那里讨来的，而是把现成的好布剪碎，再千针万线地缝缀起来，真是辛苦异常。

　　岳拉娜老奶奶问我，你猜，缝制一床这样的被子要多长时间？

　　看着她很希望我猜不出来的眼神，并且判定我必然犯下猜得时间偏少的错误。我决定不能让她得逞，显出我不具备常识，就拼命把时间猜长一些。

　　每天缝制多长时间呢？为了胜券在握，我先要把标准工作日的时间搞清楚。

　　八个小时吧。其实，这活儿一干起来，就会有瘾。一有空就会趴在案上缝制。不过，我们就按每天八小时算好了。岳拉娜说。

　　那么，需要一个月。我指着一床看起来花样最繁复的被子说。

　　话一出口，我就从老奶奶得意的笑容上，知道我的答案覆没了。

　　一个月？你想得太简单了！告诉你吧，像这样一床花被，没有三四个月的时间，是断断做不出来的。岳拉娜很权威地说。

　　我相信她说的是真的，可我想说，美国妇女的手艺是否笨了一点？我相信，这类型的被子，在中国妇女手里，一个月的时间绰绰有余了。

　　我问老人家，这里有您缝制的被子吗？

　　岳拉娜立刻腼腆甚至羞惭起来，说，这里哪能有我的被子？

我的手艺差得多呢！（晚上我在岳拉娜家，看到了老奶奶缝制了一半的花被。还真不是她老人家谦虚，她的手艺实在是够糙的了。）

在艺术馆里，我看到了一架瑰丽异常的中国屏风。岳拉娜很夸耀地对我说，这是上个世纪这个镇上的美国传教士从中国带回来的，精美极了。据说是唐代的，很少见的。她说话的口气非常坦然，丝毫没想到我是一个中国人。我看到自己祖先的遗物在异国他乡漂泊，感到一腔酸楚。

我用手抚摸着屏风上的螺钿仕女图案，它们的温凉细腻，灼痛了我的指尖。我不能确认它们是否真是唐朝的文物，但它们的确是很古老的。幸好它们受到了很好的保护，也许从更广大的范围来看，我的哀伤可以稀薄一些。

小镇很冷清，年轻人都到城市里去了，留下的都是老人。地面上铺着黄叶堆积而成的地毯，更添一份凄清。老奶奶又领我们到了镇上的图书馆。那是一栋有了年头的楼房，书不算多，大多数也很破旧了。和想象中的数字化闪烁不同，图书馆是传统和暗淡的。老奶奶说，她经常到这里来借书看。

又参观了一家由贵族豪宅改建的博物馆，显示着上个世纪这个小镇的风貌：那时的服装，那时的餐具，那时的装饰，那时的工业……

是的，那时，这个小镇生产精美的铁玩具，在展柜里，摆着铁制的炉子、房屋、蒸汽机车、各种机器模型，制造得惟妙惟肖。还有很多古老的工具，让人想到熊熊的炉火和叮叮当当的金属声。但是，现在这一切都消失了，空无一人的厂房，丛生的荒草……人们都聚集到大城市去了，这里是一个虽未被遗忘却免不了委顿的小镇。

我在小镇的商店里买了一只铜制的小铃铛。晃晃它，会有脆得让人心疼的声音响起。说明牌上写着，一个世纪以前，美国乡村小学，就是摇起这样的小铃铛告诉孩子们：上课啦！

最后到了当年林肯和道格拉斯辩论处参观。那是一座小小的土丘，碧绿的草在秋风中有一点苍黄。一处宁静的地方，两尊铜像，林肯坐着，道格拉斯站着，看不见的机锋在空中交叉。我觉得这二位的姿势有点特别。想来若是一般的雕塑家，会把正义的林肯塑成侃侃而谈的站立姿势，也许再加上强有力地挥舞着的手臂什么的，把道格拉斯塑成仰视的模样。但是这处雕像别出心裁。林肯坐着，举重若轻。道格拉斯虽然站着，在感觉上却要比坐着的林肯要矮。谁更有力量，就不言而喻了。

我在林肯的传记中看到这样的记载：在伊利诺伊州，道格拉斯先生对来自本州各地的农民发表了长篇演说，宣讲他于1854年提出的新法案。这个法案对奴隶主势力明显是有利的。林肯对这篇演说给予回击，评价了道格拉斯的所有观点。林肯以异常的激情和活力对这一法案进行了攻击，逐一揭露其欺骗性和虚伪性，法案被批驳得原形毕露，体无完肤。从林肯口中说出的真理在燃烧，他激动地颤抖着，道格拉斯对自己失去了信心，意识到了自己的失败，局促不安……整个会场死一般的寂静……

今天，这里也是非常寂静。一个多世纪以前的唇枪舌剑，已经被萋萋青草吸附，只留下旅人的凭吊。

也许是因为白天跑得多了，这一夜，又是无梦到天明。和岳拉娜老奶奶告辞的时间到了，我拿出一条中国杭州产的丝绸围巾送她，她很高兴。

分别了，我看着她佝偻的身影，突然非常感伤。我知道，今生今世，我再也看不到这位老人了，她已经87岁了，就算我几年后有机会再到美国来，就算我会再次寻找到这个美国中部的小镇，岳拉娜老奶奶还能继续到花园里为我们采摘新鲜的红草莓，还会有一只红黑相间的美丽瓢虫醉倒在冰激凌里吗？

在老奶奶87岁的生涯里，可能多次接待过外国的访问者，也许她会很快忘记我的。从我们的汽车尚未离开她的住宅，她就返回房间这一点来看，我想一定会是这样的。但我会长久地记住她，记住她搅拌冰激凌时那红肿的手背。

○积木别墅

　　人的血液里，流淌着热爱盖房子的愿望。证据是我们从小就爱玩积木。

　　那是一些多么美丽的小木块啊！方的、长的、绿的、黄的、腰鼓状的、半球状的……新积木紧紧地镶在漂亮的纸盒子里，上面有一张折叠的纸。

　　那是图纸，锲而不舍地告诉我们，用盒子里的这些材料可以搭出怎样的建筑。

　　纸上的模型自然很精彩。但是属于我的那些积木，直到尖锐的棱角磨得圆钝，表层的彩漆脱落尽，都没有一次按图索骥组装成纸上的模样。

我不喜欢现成的图案。纸上已经画出来了，就像挖掘好的河道，思维的小船只能在里面慢慢漂。那样我们就降为工匠，而不是设计师了。

有一次幼儿园里举行搭积木比赛，要求是用尽给你的积木搭一所好看的房子。

我趴在桌上，将我的那堆积木看了半天，然后很快开始干活。我把一块红色的长方形积木和一块同样形状的绿色积木并排立起来，它们就组成了一个别致的正方形。然后，把一个金色的三角形积木搁在上面，第一间小房子就宣告竣工。

我还依次搭了一些同样分散而小巧的建筑，精致的小亭子、带钟表的小阁楼等。最后，我还剩了一块淡蓝色的柱形积木，不知道干什么用好，就把它直直地戳在建筑群的正当中。

比赛时间到了。我偷着觑了一眼旁边的小朋友。那是一个胖胖的男孩。

他倾其所有的家当，搭了一座牌坊似的塔楼。风一吹，扇形的积木墙就摇摇晃晃。他奓着两只手，既不敢扶，又不敢不扶，悬空护卫着他的作品。

老师走到我的部落前，说，你搭的这是什么呀？是别墅吗？这么浪费地方！

这是我生平第一次听到"别墅"这个名词。

她接着拨拉那块矗立着的淡蓝色小积木，又说，你怎么剩了

有时在夏天有蚊子飞过的夜晚，

看到很壮观的高楼或很精巧的别墅，

我就会想起他。

一块砖？

我说，那不是砖。

老师说，那你说说，它到底是什么？

我说，是一个人啊。他正好从房间里走出来，要穿过这个小月亮门到拱桥上去……

老师仔细地听完了我的解释，然后公布我的邻桌是此次比赛的第一名，而我是最后一名。

胖男孩得意地望着我，我惭愧地一把将自己的别墅晃倒。

他的高楼也应声倒了。没有人碰它，高楼弱不禁风。

随着年龄的增长，我也终于明白了自己的不合时宜。我们的国家土地那么少，人口那么多，普通人哪里能享得别墅的奢侈。

我在地震的年代又看到了那个胖男孩，他变得很消瘦，在一家工厂当工人。

一夜间，起了那么多防震棚。各家各户的男子汉好像都是上好的建筑师。因陋就简，瓜菜代砖，顺手牵羊，拆了东墙补西墙……人们一时间焕发出惊人的聪明才智，各家的小房子像雨后的毒蘑菇，色彩斑斓，争奇斗艳。

我站在他搭的小房子里，身旁是用裁了图钉后剩的洋铁板钉成的窗户。那边角碎料，通常是用来做简易暖瓶的外壳的，制成窗户，别有一番情趣。

我原以为阳光透过这种"玻璃"还不得被切割得支离破碎，

在地面留下麻子一般的光点，哪知完全不是这样。

强烈的阳光穿过铁皮的空隙，倏地变淡了，好像钻进一层镂花的窗帘。它均匀而温柔地落在不久前还是旷野的土地上，使没有被铲净的小草根冒出嫩绿。这样简易的窗户自然是没有纱窗的。寒暄之后，我问主人，铁皮上这么大的窟窿眼，得飞进多少苍蝇蚊子？

主人说，苍蝇飞不进来。

我说，不能吧？这么大的洞，挤一挤，两只苍蝇可并排通过。主人笑了，说，苍蝇没有人聪明，它们不会抿了翅膀飞。所以无论从理论上讲还是实践验证，我这间自盖的小窝棚里，从没飞进过苍蝇。

我不甘心地问，那么蚊子呢？

主人叹了一口气说，假如晚上点灯，蚊子见了亮，就会飞进来。

我说，假如摸黑坐着，蚊子就不会来了吧？

主人说，也不行。蚊子能闻见人血的气味，照样飞进来咬你。

我说，那就只有在棚子里多喷点儿杀虫药了。

主人苦笑了一下，说，四面漏风的小房子，药味早就随风飘散了。

我说，那就搬回正经房子里住吧。

他说，搬不回去了。弟弟已经用他俩合住的房子结了婚。新人说，他们不怕地震，只怕没房。

我不知再说什么。主人反过来安慰我，说，住在自己亲手盖的房里，再小也令人得意。假如有了足够的地方、足够的材料，他能盖一栋最舒适的房子。通过这回实地操作，他发现自己的手艺挺不错。

就盖一座你当年挨了批评的别墅吧。他用玩笑结束了自己的话。

他还记得那件事，他还是那么爱盖房子！

又是许多年过去了，社会在不断地进步着。我们已经可以比较自由地选择我们的食物、衣服、发式和室内的装饰（假如不是太奢侈的话）。

我再没有见到那个原先很胖后来消瘦了的邻桌。有时在夏天有蚊子飞过的夜晚，看到很壮观的高楼或很精巧的别墅，我就会想起他。

但愿将来有一天，他能按照自己的愿望，盖一座理想中的房子。

○ 海明威的
最后一分钱

Wan
An

　　基韦斯特是美国本土最南端的一座小岛，东西长约5.5千米，南北宽约2.5千米，像一只胖而舒适的卧蚕，睡在蔚蓝的海中。战争年代，由于基韦斯特独特的地理位置，这里是兵家必争之地。

　　我选择到基韦斯特一游，不是因为战争，或者说，也是因为战争——有一位擅长描写战争的伟大作家曾在这里生活过，他就是欧内斯特·海明威。

　　半个多世纪以前，声名初起的海明威，厌倦了大城市的繁华生活，想换换口味。小说家约翰·帕索斯向他推荐了佛罗里达州的小岛基韦斯特。这座岛距离美国大陆的距离比距离古巴的距离还要远，地处墨西哥湾和大西洋交汇的水域，岛上长满了红树林、棕榈、胡椒、椰子、番石榴……天空飞翔着蓝色和白色的海鸟，云彩堆积着，巍峨得好像奇异的山峦。海水由深邃和清澈，变得近乎紫色。赤红色的水母遨游着，和天边的霞光呼应，构成了诡异的光柱。岛上居住着西班牙和古巴的渔民，是早年捕鲸人的后代，民风淳朴。海明威欣喜若狂地说："这是我到过的地方中最好的一个，我一点也不留恋大城市的生活。纽约的作家，那都是装在一个瓶子里的蚯蚓，挤在一起，从彼此的接触中吸取知识和营养，我想躲开他们。"

基韦斯特岛的确非常美丽，让人沉醉而迷惑。但我想不通，在如此妖媚的阳光下，海明威哪里来的心境去描写流血的战争？我有个不登大雅之堂的心得，总觉得作品是某种地理时空的产物，就像野菊花是旷野和秋天的合谋。可能为了迅速纠正我的谬误，夜里，就让我见识到了加勒比海一场骇人的风暴。暴烈的阴云和能够置人于死地的狂雨让我明白了，这里的天空和海洋可以比拟任何战争与和平。

海明威在这座小岛上写下了《永别了，武器》《午后之死》《胜利者无所获》《非洲的青山》《有的和没有的》《第五纵队》《西班牙的土地》，以及《丧钟为谁而鸣》的一部分……这些小说，凿成一级级花岗岩阶梯，送海明威到达了不朽的山巅。

海明威来到基韦斯特定居以后，先是住在西蒙通街，后来搬到了怀特理德街907号，现在对游人开放的就是907号故居。它坐落在一条短短的安静的小街上，回想半个多世纪以前，这里一定更为清冷。宽大的庭院，一栋白色的二层楼房，绿得不可思议的树和曲折的小径……走进故居，首先接触到的是无数只猫以豹子般勇敢的身姿，在你脚下乱箭般窜动。这可能是世界上最无人管教的家猫了。还有一些猫不成体统地睡在小径的中央，袒胸露乳、放荡不羁。刚开始我几乎以为它们是死猫，它们委实睡得太沉醉了。别看这些猫其貌不扬（以我有限的知识，觉得它们是一些平凡的猫，绝无名贵之种），但它们的血统直接来自海明威当年豢养过的猫，个个是正牌后裔。它们气定神闲、为所欲为，赋予海明威故居以勃勃生机。它们是大智若愚的，对所有的访客不屑一顾，心知肚明，自己的祖上才是这里真正的主人。

我在海明威的故居内轻轻地呼吸。

这套房子是海明威的第二任妻子波琳的叔父于1931年送给波琳的礼物，海明威在这里生活了八年。房子原先是栋西班牙风格的古典建筑，年久失修，门槛腐朽，墙皮脱落，房顶和窗户也有很多破损。海明威着手组织工匠把房子从里到外来了个大改造。这不是项小工程，尤其是设计方案，有很多是海明威自己完成的。

现在看起来，这是一套舒适而井然有序的房子。我原来以为海明威的写作间是阔大的，按照房屋的规模与格局，他完全有能力为自己做这样的安排；室内的陈设，估计很可能是凌乱的。但是，我错了。工作间异常整洁，面积也不算很大，铺着黄色的木质地板，齐胸高的白色书架靠在墙边，古典的西班牙式的圆形写字台摆在地中央，阳光充足得让人想打喷嚏。在介绍海明威的书籍里，写着海明威习惯站着写作，他常常把打字机放在书架的最上一层。但在海明威的故居中，我看到的打字机还是规规矩矩地放在写字台上。

海明威还有一个我觉得很女性化的习惯，就是爱收藏小动物玩具，比如铁乌龟、背后插着钥匙的玩具熊、小猴子和长颈鹿造型的小工艺品……我在一些名人故居经常看到的是名贵的收藏品，显示着主人的身份。但是，海明威不这样，他让人看到的是一个大作家的率性和真实。

给我留下特别印象的是海明威的孩子的卧室，地砖的颜色如同韭黄般鲜嫩。解说员告知，这间房屋的设计是海明威亲自完成的，铺地的材料是海明威专门从法国订购来的。

我偷偷笑笑。平心而论，和整套住宅华贵精致的风格相比，海明威为自己的孩子所设计的卧室，谈不上出色，不敬地说，甚至有支离破碎的堆砌之感。但我想，他一定是倾注了极大的爱心的，单是把那些颜色暖亮得如同咸鸭蛋黄的瓷砖一路颠簸地运到这座小岛上来，就让人的心情从感动演化成嫉妒。不是嫉妒海明威的富有，是嫉妒那孩子所得到的眷爱。

海明威的庭院里，有一座露天游泳池。出门就是天然浴场的岛屿，从咸水的怀抱里掬出一座淡水游泳池，即使在今天，也是奢侈。更不消说，海明威是在半个世纪以前一举完成此项工程的。那时，这颗淡绿色的葡萄，是整座岛上的唯一。

在更衣室和游泳池之间的水泥地上，有一块灰暗的玻璃，落满了尘土。解说员将浮尘拭去，让游客看到一枚硬币镶嵌在水泥中央。由于年代久远，币面显出苍老的棕绿。

这就是那著名的一分钱了。在观光手册上写着："海明威曾用两万美元修建这座全岛唯一的淡水游泳池。他说过，要用尽最后一分钱来建造。他做到了，于是在完工的时候，他就把自己的最后一分钱镶嵌在了水泥地上。"

浪漫而奢华的故事。海明威一掷千金为博红颜一笑，有点帅哥的味道。我却多少有些不明白。既然是求奢华享受，就不要这样捉襟见肘。就算捉襟见肘，也不要公告天下。就算要公告天下，也要做得好看一些。这枚锈绿的硬币，歪斜着，尴尬着，好像一张肿了的苦脸。

我把自己的想法对解说员说了。那是一个被热带阳光晒出一身麦黄肤色的青年。他说，自己祖居基韦斯特，对海明威很了解。

那一分钱的真相是这样的……他陷入了沉思。

海明威的妻子波琳执意要建造岛上第一座淡水游泳池。在她，这不但是一种享受，更是一种地位和财富的象征。海明威出于爱，答应了这个请求。家中当时并非富有，两万美元不是一个小数目，海明威抖空了钱袋的缝隙。施工很混乱，预算一再突破。有一阵，几乎要半途而废。海明威殚精竭虑，把最后一分钱都榨了出来，才艰难地完成了这座划时代的游泳池。为了表达这份窘迫和来之不易，海明威把一枚硬币镶嵌在这里。

海水拍打着珊瑚礁。往事已经湮灭在不息的浪花之中。我不知道在众多的海明威传记当中，还有没有更权威、更确切的说法，关于这一分钱，关于这座来之不易的游泳池。

从故居走出，我们在海明威生前最爱去的那家酒吧点了一种海明威最爱喝的酒，慢慢呷着。我想，我愿意相信解说员的解释。因为他那麦黄色的皮肤是一个强有力的注脚。从依然明亮的瓷砖到早已暗淡的游泳池，我在那座葱绿的院子里，除了记住了海明威的旷世才华，还感受着他的率真和独特的个性。

○斯特朗的
地毯鞋

这是一家老年人活动站，在新奥尔良。新奥尔良是个美丽的地方，古老的橡树像虬蚺的幽灵。活动站在郊外，周围是贫民区。这是黑人聚居的地方，以前黑人是不能进城的。一栋简陋的楼房，早先是黑人的旅馆。石头砌成的墙，有一种沉稳的结实。进得门来，看到的都是白发苍苍的头颅，不论头发下的面孔是何种颜色，头发都是白而暗的。人的头发真是很奇怪，不管它们年轻的时候是黑的、棕的、黄的……到了尾声，一律都变垩白。我问安妮，白色的头发老了，会是怎样？安妮说，它们依旧是白色，但无光泽。

看来，亮度比颜色更能说明一个生命的状况。

很多老人在这里活动，有的打牌，有的下棋，还有的三三两两地谈天健身。一些人聚在一起，听一个女孩子讲解台风的知识。听众多是一些老女人，耳力不佳，女孩儿不得不扯着嗓子反复重复。这么大分贝的音量，要在其他场合，一定会引起他人的侧目，但在这里，大家见怪不怪。

老女人们对台风的兴趣让我感动。我不知自己到了这个年纪，还会不会对在远方出没的台风抱有如此新鲜的兴趣。我原来以为，只有上班和旅游出差的人，才会对天气的变化充满了关切，那背后是不要迟到、不要受凉、不要忘了带雨伞……的忧虑。

在这些垂垂老矣的妇人面前，我觉察到了自己对天气的功利。她们不会上班，不会出差，说一句不好听的话，其中的绝大部分人，今生今世再也没有力气走出新奥尔良的橡树树荫了。可她们依旧睁大混浊的眼睛，努力分辨台风经过的途径，痴心地关注着和自己毫不相干的天气，这也许就是人和自然相濡以沫的渊源。

有一棵树，一棵假树，工艺树，做得很逼真，赭的树干，绿的枝条，大约有一人高，摆在活动站很显眼的地方。树上挂着很多树叶，当然也都是人造的。每张树叶上写着一些字，或者是一幅小画。比如一片蜡烛形的叶子上写着：记住我有一只大鼻子的快乐的镶满皱纹的脸……然后是抖动的签名。

我问活动站的站长古薇尔女士，这是什么？

她说，这是曾经在这里活动、现在已经去世的老人从天堂写给大家的信。

我的头皮轰的一声。死人是不能写信的，这是常识。古薇尔女士已经75周岁了，胸膛饱满得如同揣着两个大波罗蜜。她步履弹性很好地走来走去，使人无法怀疑她的说法。

新奥尔良一共有20所这样的老年活动站，每年需经费500万美元。经费的来源主要是四方面。联邦政府、州政府、地方政府一共可拨款400万美元，还有100万美元的"洞"，就要靠自筹和社会捐款来解决。今天来活动的老人共有70多位，但有1000多位老人要求将免费的午餐送到家，所以，活动站的工作量很大。

我一边听着她的介绍，一边锲而不舍地惦念着那棵有着奇异叶子的树。

古薇尔女士终于讲到了这棵树。噢，是老人们共同栽下了这棵树。每一位老人都知道自己死后，在这棵树上会有一个位置悬挂自己的树叶。他们会在生前就写下这片叶子，然后保存在自己的亲人那里。如果他们没有亲人了，就保存在活动站里。当他们去世之后，他的家人就会把他的叶子送来，挂在这里，永远的。大家常常来看望这些叶子，念着上面的话，有很温暖的蒸气，从这些叶子上蒸发出来，进入我们的眼睛……

古薇尔女士这样说着，我就看到她的眼睛湿润起来。哦，我错了。古薇尔女士久经生死，在说这些话的时候，神采飞扬，很为自己发明了这棵沟通生死的树而骄傲。不是水汽进入了她的眼睛，是水汽进入了我的眼睛。

与楼下的喧闹相比，楼上是静谧和安详的。有几位老人在绣花和织毛线，古老的女红的气息从风烛残年的鼻孔呼出，让人走路和说话都变得叹息般轻轻的。

旁边有一个小小的橱柜，陈列着老人们的工艺品。一套极其美丽的婴儿装，雪白的翻卷的绒毛，精美的图案让人爱不释手。我很想买下，但偷偷觑见标价，要50美元，囊中羞涩，不敢问津。但我决定斟酌力量，一定买下一件老人们的产品，不单是留作纪念，也为了尽一点绵力，包括让制造者有一份成就感。因为古薇尔女士说，老人们的产品收入绝大部分都捐给活动站，自己只取很少一点。

一双用黄色和蓝色毛线织成的地毯鞋，大而柔软，蓬松得如同两只小哈巴狗。虽然我家并没有地毯，我还是把它们买下来了。然后我对古薇尔女士说，我能和"鞋匠"照一张相吗？

古薇尔就拉着我向一位老人走去。

她身材瘦小，坐在轮椅中。在身体和轮椅的空隙中，夹着两团大大的毛线球。她的手指干枯如藤，但依然很有力地操纵着两根毛衣针，上下翻动。在她的身边，摆着刚完成的一只地毯鞋，红黄相间，鲜艳如枫。

她叫斯特朗，今年86岁了。她患糖尿病很多年了，两条腿都截过肢，眼睛已近乎失明……古薇尔介绍说。

我这才注意到斯特朗老奶奶轮椅下的"腿"。白色的套鞋中，是冰冷的金属。风在她的腿间，毫无障碍地吹过。

斯特朗老奶奶笑着说，很高兴从中国来的客人喜欢她的地毯鞋。她说，那套美丽的婴儿装也是她织的，只是现今年龄大了，有些力不从心，就专门织地毯鞋了。

我抚摸着一位没有脚的老人织出的精美的地毯鞋，心中充满痛彻的谢意。她把自己对脚的期待，织进鞋里了。

○ 在雪原

Wan
An

与星空之间

拉练的夜晚，我们在雪原与星空之间露营。

两顶雨布搭的帐篷很窄小，像田野中看秋的农人用玉米秸支的小窝棚。我和小鹿头脚相对，用体温暖和着对方。刚躺下的时候，根本睡不着。平日柔软的被子，此刻变得铁板一样冷硬，被头像锐利的铁锨头，直砍我们的脖子。棉絮好像变成了冰屑，又沉又冷地压在身上。

这是怎么回事？被子被施了妖法！小鹿在对面瓮声瓮气地说。

我本想看看她，但沉重的负担使我没法抬起头来。为了保暖，我们把所有的物品，比如十字包、干粮袋、皮大衣，包括毛皮鞋，都堆在被子上面，像一座拱起的绿色坟堆。此刻，要是有一双眼睛从帐篷外窥视我们，一定以为这是军需品仓库。

我说，被子又不是暖气，自己不会产生热度。它像个水银瓶胆，装进开水它就热，放根冰棍它就凉。我们在零下几十摄氏度的气候里行军，被子的温度当然也是零下了。不能着急，得靠自己身体的暖气，把被子焐热，才会觉得暖和。

小鹿说，只怕到了明天早上，我们还像两条冻带鱼一样，舒展不开手脚。

我说，反正也睡不着，咱们就说说在高原露营的好处吧。

小鹿说，有什么好处？硬要说，第一个好处就是让你不但不困，而且精神抖擞。

此话千真万确。不管你行军多么疲劳，在越来越深的午夜中，寒冷的空气好像不是吸入肺里，而是进了胃，化作无数薄荷糖，让你从里往外透出绿色的清醒，神志警觉无比。

我说，可惜这是以第二天的疲倦为代价，要不然，真该推荐所有的科学家都到高原来工作，人类的伟大发明一定会成倍增加。

小鹿说，第二个好处是空气新鲜。城里的空气被人的鼻子滤过千百遍了。这里的空气从没有人呼吸过，就像从没污染过的泉水。你说是不是世界一绝？我说，空气倒是很新鲜，只是它里面的氧气含量很少。这就像一种外表很美丽的果子，里面的果仁却又瘦又小，营养太少，中看不中用。

小鹿说，这话可不对。你敢说这里的空气不中用？那你把头钻进被子里，再捏住鼻子。要是你能支撑三分钟以上，明天我帮你背手枪。

我说，我当然不敢把头埋进被子，你的脚太臭了。至于手枪，你别卖假人情。你知道规定是人不离枪、枪不离人的。

小鹿说，谁的脚要是在这种滴水成冰的时候，还能出汗，一定是赤脚大仙托生的。不信你试试！百见不如一闻。

我不想扫小鹿的兴，就把头缩进被子，但根本不喘气，然后很快地探出头来，说，喔，真的没什么味了。

小鹿很高兴，说露营的第三个好处是，可以增长你的天文学知识。你看，天上的星星亮得像猫眼！

我们的雨布虽然薄，但没破洞，只有从两侧的缝隙中，观察星空。铁锹做的帐篷杆和雨布的边缘构成的间隙，很不规则，像是一幅抽象图案。

我说，根本看不到天空的全貌。从我这个角度，北斗七星只能看到一个勺子把儿，牛郎只挑了一个孩子，另一个丢了。

小鹿说，你以为我这儿完整吗？银河基本断流，蟹状星云变成了对虾的模样。

我说，哎哟，真了不起，还知道星云。

小鹿说，我妈妈最喜欢天文了，从小就教我。

　　于是，我们半天都不说话。后来还是小鹿打破了沉默，说我们别说妈妈，那样说一会儿就会流泪的，还是说星星吧。

　　我赶快拥护，说，就形容自己看到的天和星星的模样吧。

　　小鹿赶快说，好。

　　想念亲人就像大海中危险的台风眼，我们思维的小船要赶快掉转航向，飞速离开。

　　我摇头晃脑端详了半天，说，从我这个角度看天空，它的轮廓像一棵宝蓝色的树冠，树上结着许多银色的榛子。小鹿说，从我这边看，天空的形状像一件天蓝色的礼服，那几颗最明亮的星星，就是礼服上的银扣子。

　　我调整了一下姿势，又说，从我的铁锹把儿侧面看过去，天像一扇敞开的钢蓝色大门，星星就是门上凸起的门钉。

　　小鹿也扭了身子说，我有一个比喻，你可不要笑我。你答应了，我就说。

　　我说，只要风和雪不笑你，我才不管呢。

　　小鹿说，从我这儿看上去，天空像极了一头蓝色的奶牛。那些凸起的星星，就像奶牛的乳头，它们离我们这么近，好像一伸手就可以摸着，用嘴吸一吸，就会有蓝色的乳汁流出来。

　　我笑起来，说，小鹿，你是不是饿了或是渴了？

　　小鹿说，你一提醒，我才想起雪原上露营的最大好处，那就是你随时都有冰激凌吃。

小鹿说着，伸手到褥子下面去抓，我听到类似野兽爪子搔扒的声音，再以后是积雪被挤压的声音，最后是小鹿咯吱咯吱的嚼雪声和牙帮骨大肆打架的声音。

我们的身下，枕着一尺厚的白雪。

领导宣布在这里露营以后，我埋头用铁锹拼命挖雪，一会儿就在身边堆起一座小雪山。领导走过来说，你这是干什么？

我说，把雪挖走，才能把铁锹埋进土里当支柱，把帐篷支起来。

领导说，你这个傻女子。雪下面是冰，睡在冰地上，明天你的关节就像多年的螺丝钉淋了水，非得锈死不可。

我说，冰和雪还不一样吗？

领导说，当然不一样了。雪是新下的，并不算冷。你没听俗话说过，下雪不冷化雪冷吗？雪底下的永冻冰层，那才是最可怕的。睡在雪地上，就像睡在棉花包里，很暖和的。

我半信半疑，但实在没有力气把所有的冰雪都挖走，清理出足够大面积安营扎寨，只好睡在雪上。这会儿看小鹿吃得很香，不由得也从身下掏一把雪吃。为了预防小鹿汗脚的污染，我特地选了我脑袋这侧的积雪。

海拔绝高地带纯正无瑕的积雪，有一种蜂蜜的味道。刚入口的时候，粗大的颗粒贴在舌头上，冰糖一般坚硬，要过好半天，才一丝丝融化，变成微甜的温水，让人吃了没够。

一时间我们不作声，吭哧吭哧地吃雪，好像一种南极嗜雪的小野兽。我说，小鹿，你把床腿咽进去半截了。

小鹿说，你还说我，你把床头整个装进胃里了。

我们互相开着玩笑，没想到才一会儿，我和小鹿的身体都像钟摆一样哆嗦起来，好像有一双巨手在疯狂地摇撼着我们。我们这才感到雪的力量。

小鹿……我们……不能再……吃下去了，会……冻死。我抖着嘴唇说。

小鹿回答我，好……我不吃了……我发现，雪是越吃越渴……

我们把自己缩成小小的一团，借以保存最后的热量。许久，许久，才慢慢缓过劲来，被雪凝结的内脏有了一点暖气。

我有点困了。小鹿说。

困了就睡吧。我说，觉得自己的睫毛也往一起粘。

可是我很害怕。小鹿说。

怕什么？我们的枕头下面有手枪。真要遭到袭击，无论是鬼还是野兽，先给它一枪再说。周围都是帐篷，会有人帮助我们的。我睡意蒙眬地说。

小鹿说，我不是怕那些，是怕明早我们起来，会漂浮在水上。

我说，怎么会？难道会发山洪？

小鹿说，你是不是感到现在比刚才暖和了？

我说，是啊。刚才我就觉得暖和些了，所以才敢吃雪。吃了雪，就又凉了半天。现在好像又缓过劲来了。

小鹿说，这样不停地暖和下去，还不得把我们身下的雪都焐化了？明天我们会在汪洋中醒来。

我说，别管那些了，反正我会游泳。

小鹿说，我不会。

我说，我会救你的。你知道在水中救人的第一个步骤是什么？

小鹿说，让我浮出水面，先喘一口气。

我说，不对。是一拳把你砸晕，叫你软得像面条鱼。你这样的胆小鬼，肯定会把救你的人死死缠住，结果是大家同归于尽。把你打昏后，才可以从容救你。

小鹿说，求求你，高抬贵手，还是不要把我砸晕。我这个人本来脑子就笨，要是你的手劲掌握不准，一下过了头，还不得把我打成脑震荡，那岂不是更傻了？我保证在你救我的时候，不会下毒手玉石俱焚。

我说，哼，现在说得好听，到时候就保不齐了……

小鹿说，我们是同吃一床雪的朋友，哪儿会呢……

我们各自抱着对方的脚，昏昏睡去。

起床号把我们唤醒的时候，已是高原上另一个风雪弥漫的黎明。我们赶忙跳起，收拾行装。待到我们把被褥收起，把帐篷捆好，才来得及打量一眼昨晚上送我们一夜安眠的雪床。

咳！伤心极了，我们太高估了人体微薄的热量。雪地上不但没有任何发洪水的迹象，就连我们躺卧的痕迹也非常浅淡，只有一个轻轻的压痕，好像不是两个全副武装的活人曾在此一眠，而是两片大树叶落在这里，又被风卷走了。只是在人形痕迹的两端，有几个不规则的凹陷，好像某种动物遗下的爪痕。

那是我们半夜吃雪的遗址。

○ 轰先生的
苹果树

　　第一次听说此次日本之行，要在长野县大豆岛的农民轰太市先生家住一天时，半是欣喜，半是忐忑。高兴的是可以由此深入普通的日本人民中，体验一下他们的生活，真是难得的好机会；不安的是，想象中的轰先生是一个很严厉的人，因为"轰"这个姓总使我联想起夏天的暴雨和闪电雷鸣。

　　一见到轰先生，我就乐了。他是一个非常和善的老人，矮而健壮的身材，好像北方的橡树。他的大脑门亮晶晶的，在明媚的秋阳下，闪着汗珠。他不像常见的日本人，嘴角总是抿得很紧，仿佛时刻都在思索，而是经常忘情地哈哈大笑，好像一个快活的大孩子。

轰先生的家是一所古老美丽幽静的和式住宅，斗拱飞檐，显出一种历史的沧桑感。院落里林木苍苍，各色常绿植物修剪得异常精致，仿佛放大的盆景，表明了主人不同凡俗的雅趣。

轰先生一家为我们的到来，真是忙坏了。你想啊，一下子来了五个外国人，吃喝坐卧，不是一个小工程。轰先生的妻子绿女士和他的妹妹、儿媳扎着浆洗一新的围裙，为了我们不停地忙碌着。我们品尝着精美的日式菜肴，吃得非常开心。吃完饭，轰先生招呼我们沐浴。

我心中有些嘀咕：天这么凉，要是冻出感冒，再转成气管炎，异国他乡的，岂不麻烦？

没想到，轰先生一家为我们想得周到极了，先是大小浴巾，再是和式睡衣，最后干脆抱来了两大摞长短袖的棉睡袍，堆在地上，好像两座小山。我们全副武装穿在身上，面面相觑，不由得开怀大笑。有人打趣说，男的都像鸠山，女的都像阿信了。

我们在轰先生家度过了非常愉快的一天。老人家自己种稻田。他招待我们吃的米饭，就是亲手种出来的。我敢肯定地说，这是我平生吃过的最香的米饭了。

我们都夸老人家的米好。他笑眯眯地说，我种的柿子那才叫好呢，全日本第一。我们听了频频点头，心想这样善良勤劳的老人，种出的柿子一定出类拔萃。

轰先生接着骄傲地宣布，他种的富士苹果是全日本第二。他说得是那样肯定，我不由得问：是不是进行过正规的全国评比，您的苹果得了银牌？

老人眨着眼睛笑起来说，全日本第一的苹果还没有长出来呢，因为没有第一，所以，我的苹果树就是日本第二了。

我们愣了一下，明白了老人家的诙谐与幽默，也会心地笑起来。不管怎么说，看轰先生的自豪样儿，他的苹果树百里挑一那是没得说了。

吃了午饭，我们和轰先生的文友欢聚座谈。轰先生是作短歌的高手，又是短歌同人刊物《原型》的主编，亦农亦文，深受大家爱戴。

座谈会开得非常成功，但我心里一直惦记着轰先生的苹果树。

说起来惭愧，从小到大，我吃过无数的苹果，但还从没有自己亲手从树上摘过苹果。没想到东渡扶桑，能到日本的果园来摘苹果，这苹果又是全日本第一，真是一件有趣而又有意义的事情。

我们沿着乡间的小路，缓缓地向轰先生的果园走去。10月的日本晴空万里，干燥凉爽的秋风，带着苹果的甜香扑打着我们的衣襟。远处山峦上最初染红的枫叶，像拍红的手掌，在招呼着我们。

这一带是苹果产地，果然名不虚传。一株株精心培育的苹果树，迎风而立，硕果累累。小路四周的地面，银光闪闪。果树下的土地上都铺着雪亮的金属箔，好像无数面巨大的镜子，用以反射阳光，普照苹果的各个部位。这样结出的苹果不但颜色像玫瑰一般艳丽，而且含糖量高。果园的上空还罩着结实的尼龙网，刚开始我们还以为是防盗，后来一问，才晓得是为了防鸟啄食苹果，这样才能保证每一个苹果都无褶无疤，玉润珠圆。

我一边走一边想，轰先生的苹果树既然是全日本第一，那他树下的银箔一定最亮，他树上的尼龙网一定最大，他的苹果一定像红宝石一般美丽。

正想着，轰先生停下脚步说，喏，到了，你们可以尽情地摘苹果了。

我定睛一看，吓了一跳。这实在是一片太平凡的苹果园。咳！甚至连平凡也算不上的。苹果树上没有遮天蔽日的尼龙网，苹果树下没有银光闪闪的金属箔，树不高大，果不繁密，在周围一大片人工精心雕琢的果园中，显得简朴而随意。树上的苹果因为没有接受到阳光各方面的照射，半边青半边红，远没有想象中那般夺目。

轰先生，这是您的苹果树吗？我半信半疑地问。

啊，我也不知道这是谁的苹果树。不过，你们摘就是了，保证没有人来管你们。别看这树上的苹果不大好看，它的味道可好了。它里面有蜜！轰先生摇着他聪明的大脑袋，眨着眼睛说。

我们走进果园，七手八脚地开始摘苹果，站在苹果树下大吃起来。平心而论，轰先生的苹果还是相当优良的，甜脆爽口。但因为没有尼龙网和金属箔的养护，果皮上有小鸟啄过的黑斑点，味道也略略有点酸。

人真是不知足的动物。我一边大嚼着轰先生的苹果，一边紧盯着邻居家的果园，心想，别人那边像红灯笼一样鲜艳的红苹果，该是更好吃吧？

我们吃饱了苹果，又摘了一兜，才迎着暮色回到轰先生的家。真应了那句中国老话：吃不了，兜着走。

丰盛的晚饭后，轰先生拿出纸笔，文人们开始舞文弄墨了。

我写诗是外行，站在一旁伸着脖子屏息欣赏。

轰先生写下他的一首短歌：

我闭着眼睛，四周一片寂静，

沿着阶梯，走向湖泊的深处，

那里，

有什么呢？

那一刻，四周真的变得十分寂静。听了轰先生的诗句，我的心灵深处有一根琴弦被触动，有一种温暖的感动壅塞喉头。

大家笑着追问老人，在湖底到底会有什么呢？

恰在这时，轰先生的妻子绿女士来为我们送茶，轰先生遂一本正经地回答，那里有美人啊！说着，亲热地拍了绿女士一下。

我们大笑，为了轰先生的风趣和他美满幸福的一家。

在轰先生家的榻榻米上安睡一夜后，清晨，要告别了，大家恋恋不舍地分手。我为轰先生写下了这样一句话："您使我想起了中国神话中的山野仙翁。"

到了东京，在车水马龙的城市人流里，在扑朔迷离的霓虹灯下，我又拿出轰先生的苹果端详。它朴素天然，携一种大自然的清新空气。这其中又注入了轰先生对中国人民的深情厚谊，越发显得沉甸甸了。

我坚信，它是日本第一的苹果。

守望者

　　亚心——亚洲地理中心之意，位于东经87度20分、北纬43度41分，具体地址在新疆乌鲁木齐县永丰乡包家槽子村旁，一片悠远荒芜的戈壁之上。

　　亚心尚未旅游开放，从乌鲁木齐市出发，正赶上修路，车颠簸不已。卷起的尘埃从钢铁缝隙潜入，如同一件驼黄色狐皮大氅，把人从头到脚裹个严实，每一根发丝都因此茁壮。

　　向导说，经卫星精确测量的真正亚心，位于包家槽子村的打麦场上，周围有些错落的农舍，相当于一湾小小的绿洲。考虑此地将来必是旅游胜地，要有相应的建筑设施，占据田禾、搬迁居民有诸多不便，某领导决定将亚心向一旁迁移约200米，使它坐落于荒原。

在尘埃中听完介绍，对亚心的权威性生出大打折扣之意。好像你预备攀登的是珠穆朗玛峰，却被诱导向冈底斯山爬去。景色虽也值得一看，到底不是初衷。向导觉出我们的沮丧，解释说，卫星上的一秒，相当于地面上的一千米。对于辽阔的亚洲大陆来说，区区几百米偏移，实在算不得什么。

到了亚心，因正在施工，几乎看不到任何成形的建筑。高高的脚手架矗立着，好像旷野上一个骨骼魁伟的流浪者，孤独地仰天沉思。据说，这里将高耸起一座永久性标志，证明与众不同。

在亚心的原址和现地，我分头眺望许久，终于承认即使不从经济上考虑，迁移决策也十分英明。打麦场四周可望及田园风光，比如金黄的麦垛和砖瓦红房……太多的温馨人文气息，像醋一样，会泡酥人们对于亚洲地理中心博大苍凉的期冀。

大漠上的亚心，简约到近乎虚无。三面是迷茫寥远的地平线，骄阳蒸腾下的青紫色蜃气，在大地穹隆的边际，波光粼粼颤动，好像在遥远的乾坤结合部，悬挂着巨大的呈半包围状的蓝绸，将宇宙和漠地连缀在一起。地面的沙砾毫不留情地反射着阳光，抖着尖锐刺目的断剑般的光线，好像遍地都是金粒和石英的结晶，诱人弯腰捡拾。

在亚洲中心，你感觉到的并不是地理概念。恰恰相反，你完全忘记了亚洲的存在——它庞大的面积、爆炸的人口和漫长的历史，都随沙漠的无垠悄然遁去。胸中壅塞的只是天地苍茫、物我两忘的阔大惆怅，涌动着我们前世为沙、后世为风的神秘幻觉。

看完风光，向导说，想不想会会亚心的雕塑家？

我们嘴上说想啊想啊，心中思忖，在这寂寞僻远的地方，会有怎样的雕塑家呢？

他是一位苍老的农户，包家槽子的原住民，放过牛羊，做过木工和石匠。当他听说双脚踩踏过无数遍的土地竟是亚洲之心时，便想用自己的手艺为它做点什么。

多少年游牧天山，终日与石头为伴。那些无数世纪默默不语的顽石，在他眼里，充满鲜活灵性。雕刻时，他不忍刀剁斧劈，而是反复端详，看石头像个什么，便雕个什么，绝不愿违了石头的天性。他的风格是大写意，只求神似，不苟细部的真实，喜欢像原始人那样，用两块石头互相敲击，当这一块打磨成形的时候，那一块并不随之破损，也伴生为一件艺术品。牧归的时候，他总是听到山路旁两块体积庞大的暗红色沙石在央告，想去看看山外的世界，于是把它们拉回家，开始雕刻石狮。他希望石狮驮着他的情意，从此守望在亚心。

雕塑尚未完成，我们来到老人的作坊。那只是临街的一处树荫，粉尘飞扬，空气中有燧人氏钻木取火的味道。老人的眼睛缝着，整个面部像城里时髦女子的矿物面膜，敷满杂色石粉，被汗水凝成模具，皱纹裂得格外深重。相握时，他手板冷结，盛夏之日完全没有温度湿度，如磐石般硬。

老人雕的公狮已整装待发，母狮也在石料中呼之欲出了。狮子的造型很朴拙，既不像南狮那般甜腻宝气，也不像北狮那般冷漠威严。它们散淡天真，而又大智若愚。

我们问，为什么您要雕狮子，而不是龙或麒麟什么的？

老人不识字，回答缓慢精绝。他说，一、这两块石头天生狮子形状，你不能把它们雕成别个样子；二、亚心位于新疆，在西藏、内蒙古之间，公狮子代表内蒙古，因为蒙古族性烈，母狮子表示西藏，藏族性柔。

老人的雕刻，都是义务劳动。除了新疆金新宾馆赞助的从山里拉石头的钱，他分文不取，全家上阵。

告别老人，告别亚心，归途中，我们这些城市的游子陷入深深的沉默，彼此相对无言。每当人们沐浴自然、感悟挚情之后，都会有这种电火击穿般的震撼和久久的眷恋长留心间。